在萬花筒裡失眠

沈青 著

在萬花筒裡失眠

一・光的行進

賦恩緩慢的沿著階梯走進空盪的觀眾席，仔細的掃視花了整個下午排置定位的舞臺空間。

空氣裡少了聲息的支撐，連隨著軟厚的橡膠鞋底落下的腳步聲，都足以透澈出清晰的音頻。眼神一下落定在舞臺的觀眾席第四排中央，坐著那位明天就要展開世界巡演的亞洲天才魔術師。

賦恩叮嚀著自己收斂最輕的腳步，安靜的站定離他的座位有些距離的斜後方，在他思考的時候他絕對不會出聲破壞，絕對不會讓這個把意念昇華為實境的昂貴時刻出現裂縫。

他從後側看著他輕闔雙眼，放鬆的交疊雙腳，難得重獲閒暇的十指，交縫相扣的安歇在唇間，順成圓滑弧度的髮絲，布幕似的落下切割光源的陰影，覆蓋他洗練的側臉，他總是攜帶著高昂及絕對實踐信念的沸揚情緒，但在此刻似僅剩最純粹的軀殼，以及與心靈深層共振的單純人性。

他為魔術殉身，魔術亦為他著迷。

真實就像魔術方塊被他隨意解構，只有他自己可以重組回原型的脈絡，軸心是最單純的創作意念，構成程式的點，手法的線和充滿藝術價值整籌成完整的面，經過精準的統合來構成幻覺的實質量感。

他將所有和現實脫焦的矛盾跟對立，都以最近的距離號召於觀眾面前，大膽而無畏的和一切的常理冒犯衝突，揭開一場如萬花筒般璀璨的鏡象盛宴，下達一個可以解除所有對幻境饑渴的暗示而沒有休止的海市蜃樓。

「我們的眼睛最會欺騙自己。」

他說這句話的表情，像極了一個從一而終只棲居在現實邊緣的孩子。

「都忙了一天了，你不是該去休息了嗎？」他微微的睜開眼睛，微捲的睫毛甦醒似的恢復了呼吸。

「剛剛打電話去你房裡沒人接，也沒有人知道你去了哪裡。」

賦恩回應，邊大方的走下樓梯，將安靜攏靠在手臂上的靛藍西裝外套遞到他面前，「你又把外套放在飯店的酒吧裡了，酒吧的人剛剛通知我去領回來。我檢查過，皮包跟手機都還在裡面。」他的口氣平寂的像在敘述每日都必須跟他報告的工作行程。

「是哪，我現在才想起來我有穿外套出門。」他就像找到父母藏在庭院角落的復活節彩蛋一樣欣喜，賦恩從鼻腔裡輕抿了一口氣，實在搞不懂這個對工作細節的要求總是可以壓縮到緊緊接縫每個小細節、鞏固所有條件都能嚴謹掌控、如此重視自我制約的人，生活秩序為啥散漫的似乎可以在無意間把自己都丟了？

就是如此極端的檯面與私底下的冷熱反差，讓他一年之內換了四組助理，賦恩是目前為止，還能安穩的為他基座不穩的日常生活，架上補助支柞的助理達到一年以上的唯一一個。

在這段沒有任何空隙的相處時間裡，賦恩感覺他的生活只充滿了隨著一刻不得閒的行程，一站遷徙到一站的緊湊，意念的構成、煽動創意的醒覺、架構編譯執行的可行性、製作輔助的道具，層層堆疊的反覆演練，要將所有可能的錯誤都勒緊到窒息的檢討。

表演只是被這些背後的細節，車縫交織出的最後質感，是被打著聚光燈唯一明朗的一小部份，讓人無法揭密背後真實而忙亂的戰場。

沒有穿戴著奇幻魔術的其他時候，關於他的自身只是破碎的零件，閒暇之餘才能重新組裝，偶爾享樂於輝煌成就的光采聚焦，和現實關聯的螺絲依舊拴的很緊。

短暫縱容回歸自我的片刻，內部其實和普通人一樣會自我揣測、因為壓力而鬆動自信，被孤寂迫害的心靈種植著大片茂盛的空虛，會用掉淚寬恕自己，再普通不過的一個人。

他時常會對著鏡子演練，偶爾，對著鏡中的自己發呆，彷彿鏡子裡的自己就是幻境的實體，他們互相睥睨著對方，試探彼此的驕傲，鏡裡鏡外都能牽制對方最後的成象，用鏡象反射為途徑互相辨識、認證自己，一如他親手捏製的魔術就是他鏡中的隱喻，是他帶著謎底最終的自我展現。

「坐啊，幹嘛杵在那裡？」他拍拍身旁的座椅，食指上摟空細雕花的銀戒閃著透澈的光感。

賦恩坐到他身旁，看著明天就要盛大揭演這場以他為首的個人魔術秀「鏡象盛宴」而裝飾起整個舞臺的華麗輪廓，所埋藏的機關，讓演出可以循著完美計畫的機制，在這麼近的眼前，卻能讓真相變的如此疏離的驚奇瞬間，就是以這個龐大的執行架構和身邊這個深具獨創思維的人為原點。

邊撐著下巴這麼想著的賦恩，從黃褐色的小羊皮揹袋裡，拿出一個溢滿黃芥末微酸香氣的熱狗堡，「我想你應該也不記得，你一整天到現在只有吃了早餐而已。」

身邊這個天才魔術師只是默許似的傻笑接過，像褒獎般的摸摸他的頭，賦恩只是回應了他一個白眼，看著他拿起本來安穩靜置在盒裡的熱狗堡大口的咬下，乳黃色黏稠的芥末沾染了他的嘴角和指尖，賦恩馬上從已經拿在手上、只要隨側在他身邊就要多備個幾包的面紙裡抽出一張。

慶幸自己是家裡五個弟妹的兄長，才能讓自己慣於照顧這個小自己兩歲、從來就只有被照顧的命的獨生子，而不會感覺被貶低或彆扭。

幫他用面紙輕抹去嘴角的芥末，他一付理所當然的保持快速用餐的準則咀嚼著食物，一邊將眼神緊鎖著這個屬於他的舞臺，用宛若極度渴望成為這一切旁觀者的語氣說：

「我從來沒有用這個角度看過臺上的自己，那是什麼樣子？」

「就是一個技術高超、讓人驚嘆的偉大魔術師。」

賦恩挑選最官方的奉承來回答，畢竟總不能把「但私底下根本就是個宅男兼生活白癡」這句真心話，說給眼前這個目前唯一的衣食父母聽。

「你知道法國有位精神分析巨擘拉崗提出的「鏡象階段」（the mirror stage）理論嗎？」

他接過賦恩手上的面紙，邊擦拭嘴角邊把手上不到五分鐘就解決的晚餐空盒蓋好，感覺他進食只是為了身體需求的溫飽，並沒有在其中獲得任何留戀的滋味和滿足。

「嗯，你在這次表演提案的企劃書裡有稍微提過。他提出鏡子裡的自己並不是真實的，只是我們想要看到的自己的幻境殘影。」

賦恩知道他們之間的話題絕對不會離開探討或研論魔術超過三分鐘，他只是像被老師點起來發問的學生般正經八百的回答。

「最近我忍不住會想，臺上的我就像這樣吧？在這裡的『我』竟然要靠臺上的自己才能塑型辨認出完整的『我』，我似乎漸漸的分不清楚，到底哪個是真的我了。」

「牧典老師？」

賦恩輕抿眉心，有些擔心的看著他，他不只一次看過他這樣，通常是在臨場壓力極大的上臺前，似乎在和內部的自己交戰摩擦，想用各種隱喻藏匿自己的不完全，連煮沸不安都變得過於謹慎，只能在這一瞬間對著怯懦的溫熱取暖，似乎在此刻只要照亮自己其實是這麼的真實平凡，就能夠取悅自信再度披上戰袍。

賦恩看著他有些流失清晰血色的面容，只是緘默的保持凝視，他不打擾和用安慰侵害，這些對此刻的他而言已然成為過重的超載。

——但是，老師，其實你不明白。

——你不明白你創造的鏡象，是多少人冀望能爭相目睹一秒鐘的美夢，就算明知那是最高尚的騙術組裝起的優雅幻覺，讓我們能享受被拋擲到現實之外的一瞬間。

——你不明白我有多麼渴望，能在鏡中看見你。

——我多麼希望能夠成為你。

空間裡本該恆常的暖意逐漸失溫，賦恩感覺自己漸漸被寒意覆蓋，因為連續好幾天忙亂到沒有按時進食的腸胃，還互相翻攪著刺痛，讓他難受的從讓體溫低迷著維持最基本供需狀態的沉眠裡清醒。

一拉開迷離聚焦的眼睛，先收印眼底的，就是慣性放在飯店床頭燈櫃上的手錶時間，分針秒針已經安然的交疊在正午時分，他睜圓了雙眼，腦袋像瞬間被電極一樣轟然清醒。

「中午了？已經中午了？為啥飯店沒有給我ｍｏｒｎｉｎｇ　ｃａｌｌ？老師！糟了啦！上午的排演？」

他慌亂的跳起來，懊惱的搔抓著一頭捲翹的亂髮失聲大叫，一回頭，看著昨晚因為風雪的攪局，打亂了訂房的交接時間，而不得不精簡最低訂房數，湊合著一起住的隔壁床上的人影，已經掀開被角徒留一陣空盪。

「別緊張，早上風雪太大，積雪壓垮了表演場地的水管線，現在正在修復，今天的排演都臨時取消了。」

姿態好整以暇的牧典，穿著鬆垮的浴袍還厚裹著白淨的被單，勾著腳坐在飯店的古棕色木質書桌前，鼻樑架著墨黑色的粗框眼鏡，隨性的在指間旋繞著極細的鋼珠原子筆，專注的對著眼前已經寫滿構思的記事本，語氣安撫的說。

隨即抬起頭，看向把自己嚇得手足無措的賦恩，用掌心輕拍胸口，毫無節制的喘了一口大氣，弓起的背脊瞬間攤軟模樣，爽朗的笑出聲來。

「終於偷到一天閒可以好好的休息了，都要感謝這場大到嚇死人的風雪。」

抓緊包覆在身上的被單走向窗邊，期望觸碰窗外那片將所有事物的存在凝結成安寧靜止的雪白。拉開卡鎖，將攀爬著銀亮結晶的窗戶推開，像第一次接觸到沒有定義的單純美好的孩子那樣伸出手。

「你看。」

氣息催化成白霧，他在只能讓人俯首的純粹之美面前順從的微笑，指腹和掌心瞬間安歇著無數的雪白結晶，他看著手中完美成型、優雅的六角晶體，雖然沒有任何色彩，卻能在嚴寒裡鍊成如此純淨的存在，他忍不住驚嘆。

「這才是真正的魔術！我多希望能用自己的表演傳達出這種最簡單的感動！」

「老師！」整個室內都被零下的嚴寒掠奪了所有的溫度，賦恩滿臉受不了的縮緊身體，拿起自己的被單走到窗邊把他像蟬蛹一樣緊緊包住。

「拜託你別這樣！你可不能在這種節骨眼感冒！」他冷得直打哆嗦，四肢開始僵硬不聽使喚，上下排的牙齒都打架似的不停碰撞。

「你……」被包裹的只有一張臉探出被單的牧典，狡黠的笑彎了眼睛，「真是個好人耶。」

「我到底要被你發幾次好人卡？」

賦恩不停地下意識的抖動身體，牙齒忍不住凌亂的卡卡打顫，雪花成群結隊的打到臉上，冰冽的刺痛讓他眼睛都快睜不開，而始作庸者卻只顧著笑。

終於他肯罷手的將窗戶鎖緊，賦恩想脫困似的將他帶離窗邊的瞬間，感覺他渾身濃厚的酒氣，下意識的問：「你喝酒了嗎？」

那他現在毫無邏輯的行徑就有憑證可循，這個人酒量爛的出名，在任何慶功宴上大家都有心照不宣的默契，絕不遞酒到他手上，免得酒精就像催眠一樣對他下達各種無厘頭的指令。

他的形象也是整個團隊的基座，他身邊圍繞著隨時準備撕咬他弱點的豺狼，咬下他一塊殘缺，就貪婪得動用網路的脈絡武裝真相，對著全世界大聲嚎叫，弒血的謀害他奉獻一切所有奠定的價值，他們渴望看見他降服戰敗的執著近乎執狂的迷戀，一刻都大意不得。

「拜託你別再做些會消耗心神的事，就趁這個機會好好休息吧！」

賦恩將他拉到床邊，壓緊他的肩膀讓他順勢坐下，搓著手走到牆邊的空調控制面板前，看著室內溫度驟降到只剩十度，忍不住全身顫抖。

「真是的，暖氣不能再開強一點嗎？」

他急躁的按著調整溫度按鍵，只要在這個人身邊就無法和這種麻煩事絕緣，一回頭，看見那個麻煩用被單把自己緊緊包覆，屈著膝蓋坐在床中央，不需要持有工作時必備的寫實工整，此時的他看起來僅有不按牌理呈列的本質，像一杯只順著日常光線引位、移動折射的光源，卻在杯中靜止不動的清水。

賦恩學他將被單纏捲在身上，坐到他身旁，像哄著想要衝進泥地裡大滾一場的小孩一樣語氣柔軟的說：「忍耐一下，我已經調高溫度，等溫度上升就會比較舒服。」

牧典只是沉默的稍微傾倒身體，將整個重心依附在他身上，賦恩隨即反射的僵直背脊，謹慎的將他撐托住，沒有規律散落在肩頭的髮絲，飄散出和自己一樣的飯店洗髮精，廉價的甜膩馨香，閉著眼睛像安枕自己在沒有意識起伏的最底層。

「最近我常常在想，我都會在什麼時候被人想起？」

「可以說清楚一點嗎？」他的思維總是像不知何時會瞬間點燃炸開的火藥一般，充滿臨時而毫無連續性的曖昧，賦恩覺得無論過多久，他都還是沒辦法銜接上他完全沒有規律節奏的想法。

「譬如說。」他將頭往上仰，尋找和他對視的角度，「你在想起『情人』的時候，腦子就會自然出現你愛戀的人，想起『家人』的時候，就會出現思念的父母親，這種需要依靠一個捷徑符號對應的連繫，懂了嗎？假設你哪一天不再是我的魔術助理了，你在想到什麼的時候會想起我？」

「忙到胃發炎的時候。」

賦恩快速的從「最磨人的老闆」、「頭號麻煩人物」、「沒有基本生活能力的人」這些選項裡撿出最沒有殺傷力的一個來回答。

「好—沒—創—意。」他像把員工加班一星期的血汗企畫書，駁回的丟在桌上的鐵血上司般不滿的抱怨。

「那老師呢？你該不會是在回憶『被我發最多好人卡的人』的時候才會想起我吧？」賦恩邊說邊稍微的挪動已經有些痠麻的肩膀。

「這個嘛……」他邊想邊將身體喬到一個最舒適的角度，「大概就是這種覺得很溫暖的時候吧？」

說完他就沒有再丟擲出任何言語，慢慢的調頻呼吸接近安睡的頻率，賦恩只是溫順的充當他盡職的靠枕，因為他非常明白他已經好幾個月都沒能好好睡一覺了。也非常明白，牧典再一睜開眼，就要率軍征討充滿煙硝瀰漫的戰場，必須將部分的自己不露痕跡的殉葬在陰暗土壤裡，但孤寂卻是其中唯一瀰漫著腐敗氣味而繼續生長的東西。

——在被無數目光和唯一凝聚視界的聚光燈包圍下的你，臺下所有的人都是在你之外的旁觀者，而你始終只有一個人。

——其實你真的，非常寂寞。

二・光的摺頁

來到他身邊工作之後，只要一抵達表演現場，掛上驗明工作人員的識別證和在腰間扣好聯繫用的無線對講機之後，記憶中就是不停的在跑。

賦恩在工作中從來不穿綁帶的鞋子，因為曾經有在小跑步中被鬆落的鞋帶絆倒以至面部直擊、鼻血直流，卻還是只能在腫脹的鼻孔塞著兩團搓細的面紙團，繼續工作的慘痛經驗。他就把自己帶來備用的、那雙鞋底的紋路都已經磨平到無法辨識的綁帶帆布鞋，闊氣的扔了。

此時他站定後臺的布幕空檔，看著自己三個月前才新買的球鞋前端再度從鞋底和麂皮表面強硬的分家，稍微擩動了一下腳掌，套著運動襪的大拇趾，就逕自冒出頭來透氣。

他大嘆了一口氣，皺緊了整張臉，拉高已經汗溼的帽T袖口，擦拭黏貼在額頭汗珠裡的短髮，想著就算再多砸個讓自己足以心痛淌血的三千塊買的名牌球鞋，還是躲不過被這種龐大的運動量蹂躪到舉白旗投降的悲慘命運。

不過，現在絕對不是可以專心哀悼球鞋的時候。

「賦恩！廠商送訂做的道具來了，可不可以幫忙去確認一下？」

「好！」他大聲回應，繼續踩著已經探出大拇趾的球鞋，跑向表演廳的大門。

牧典邊整理縫線間交綴著明亮綢緞光澤的表演外套，邊隨著掛在耳邊藍芽耳機裡舞臺總監的指示，走向要和音效及燈光師最後一次確認舞臺流程跟動線的會議地點，扣好白襯衫袖口上樣式簡約的袖扣，一出表演廳的透明旋轉門，就看見在一片凌勢的大雨裡，幫搬運道具的廠商撐著傘的賦恩。

就算廠商的人一直客套的跟他說，「小哥，沒關係，害你也淋溼我會過意不去啦。」他還是笑得一臉直率的繼續替他撐著，自己的另外半身都已經被淋的濕透。在幫廠商確認每一個品項的簽收單時，他在抬起頭的瞬間，看到了站在門口看著自己的牧典，他馬上把廠商人員請到屋簷下比了個請他稍等的手勢，小跑步的踩著有著各種深淺形狀的水窪跑到牧典面前。

「老師你要去對面嗎？」他微喘的聲息似乎都浸溼在過重的濕氣中，用髮膠抓型固定的髮尖坍塌在不停滴落的雨滴重量裡。

「嗯。」牧典微微點頭。

「那這把傘給你。」他握起牧典的手，將傘的塑膠握柄穩穩的塞進他手裡。

隨即他便毫不在意似的再度折回身後的雨霧裡，俐落的隨著廠商卡車架出的鐵製輔助斜坡，到卡車上一起幫忙抬起今晚要用在舞臺背景的大型裝置板。

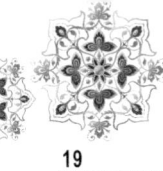

牧典撐起雨傘走進稍微減緩了節奏的雨勢裡，邁開步伐，眼神卻不自覺的一直擱置在賣力投入不屬於自己工作範圍、凝聚所有合理專注的賦恩身上，直到確認了他終於

進入大廳，他才轉過身走進室內。

上臺前，牧典最後一次整頓儀容，聚精會神的深吸一口氣，腦袋裡除了所有已經編制好的流程之外，就全面放空。然後，奮力的把現在這個掌心已經微滲出冷汗的自己，徹底銷毀。

出場的瞬間，以厚實的專業將自己穩定重建，聚光燈和視線就從四面八方定焦，他自信的微笑，精算著自己的每個動作，每一個表情都是預設，每一個手勢都暗藏引導。

先向天空播灑出預藏袖口的斑斕彩帶，憑空點燃一把火炬延綿成黑色拐杖，在手中輕巧的轉動，掌聲被激勵的向他拋擲出來，所有的幻覺在此刻被喚醒，在他手裡宣誓效忠，讓他自由駕馭而在眾人的目睹下華麗盛開。

在牧典上臺的一刻，賦恩總是可以感覺到自己的屏息，不自覺的握緊拳頭，微微興奮的顫抖，自己從來無法忽視這一個充滿力道的衝擊，他能抓緊每一吋的目光，卻能安然的鎮定所有當下的猜疑，充滿瞬間就會被他徹底說服的舞臺魅力。

他在臺下是一杯純澈平庸的水，一披上魔術師的戰袍，就被各種天賦和後天養成的素質，調製成一杯滿足所有感官味覺的調酒。

雖然身體已經被一整天的雜亂忙碌，折騰得疲憊不堪，自己也只不過是其中一枚微弱的火種，無法以自己的姿態自燃，只能無言的付出，供他助燃起最絢麗的火焰，隨即就只能在暗處被吞噬。

但只要能在這麼接近夢境的距離，親眼見證這一刻，就足夠讓只能聽命行事的單薄精神，滿足地享用這一刻豐盛喜悅的洗禮。

不停的反嚼自己不顧一切的賣力留在他身邊，不管必須有多少犧牲，為了這一刻毫無瑕疵的感動都很值得。

結束了這一場大型企業邀約的商業表演，在大規模的再度動員撤場前，牧典身上還沾染著彩色亮片，臉色有過度消耗心神和繃緊全副神經後的疲倦。

剛剛在臺上那個為了表演成立的自己，已然隨著瞬間消逝的掌聲定格成過去，他現在已經因為將所有的構成都釋放出去而空掉，需要再傾倒全新而未知的養分繼續餵養下一個舞臺。

牧典架好嚴謹的黑框眼鏡，站在舞臺中央慣例的召集他身邊四人一組的魔術助理，稍微解說下一場表演的預定流程。

下了舞臺之後，牧典就察覺賦恩不管跟誰說話，都謹慎的用掌心掩著口鼻，相對於其他三位助理的聚精會神，更顯得他精神也渙散的搖搖欲墜，他停下講解，輕聲的詢問。

「恩，你怎麼了？」

「沒什麼，啊，請老師不要太靠近我。」他慎重的將口鼻用掌心包覆的更緊，迅速移開身體，也掩飾不了喉嚨發出陣陣灼烈的乾咳。

牧典心想，「果然是早上那場雨啊。你這個善良過頭的笨蛋。」

賦恩完全明白這個工作需要的時效性和精準分工，少綁了一個步驟都不行，充滿完全實心的強硬。所以就算昨晚因為夜咳，整晚輾轉難眠，一早起來頭沉重的讓支撐全身的骨架都快失去重心，他還是讓僅存清晰的意志力，領著自己完成上午制定的排演工作。

下午兩點才宣佈的用餐時間，喉嚨無法抑制的不停被紅腫啃咬，連吞口水都備感艱難，體溫不斷的從體內往皮膚表層加溫，燥悶的不適感淤積在胸前讓他胃口全失，他決定放棄吃飯時間，躲進凌亂的道具儲物間，在顧不得布滿了灰塵的老舊布景上休息。

將腳上還殘留著昨天浸在雨水溼氣裡的球鞋脫下，看著左腳前端的破洞活像一張血盆大口，他只是苦笑的搖搖頭，一邊抽著阻塞在鼻腔的鼻涕，將手臂放在布景的木板，下巴抵在手臂上，拿出牛仔褲後口袋的手機。

他驅動手指解開鍵盤鎖，打算設置四十分鐘後的鬧鐘，先印入眼簾的是一封多媒體郵件，他沒有多想就觸碰下載鍵打開檔案，螢幕馬上出現已經分隔了將近五個多月的弟妹們，稚嫩美好的笑臉。

大家戴著五彩繽紛的三角帽，最小的弟弟畫了一張戴著魔術師紳士高帽、五官歪七扭八的自己，圍著一個用棉花跟彩帶亮片做成、用撲克牌圍繞裝飾的蛋糕。

隨即傳來母親用熟悉柔軟的聲音發號司令，「全部站好啦！承恩不要像蚯蚓一樣扭來扭去！好，準備囉！一．二．三！唱！」

隨著母親的號令，他們便開始大聲而喧鬧的唱著祝福自己今天滿二十六歲的生日快樂歌。

「啊，對了，今天是我生日啊！」

看著螢幕上，他們雖然拍子凌亂卻絕對真誠的替自己大聲唱歌的臉龐，手機吊飾孔上，掛著去年他們一起用零用錢集資幫自己買的一副袖珍撲克牌手機吊飾，也配合著緩緩搖晃，喉頭的灼痛馬上緊縮了一陣酸楚，他努力將瞬間湧入眼眶的淚霧擠回因為生病的難受，而磨損的更加脆弱的淚腺裡。

他們是真的打從心裡相信自己，會成為一個真正的魔術師。

為了這個沒有任何保證的執念，留下單親的母親和五個還很需要陪伴照顧的弟妹們，隻身毅然投入這個領域。

「但現在，我到底還在做什麼呢？」

頭腦此時已經接近完全平板的昏沉，宛若一條不再起伏的直線，他輕閉起凝重的雙眼，眼角還是不自覺的垂掛了一條洩漏最深處軟弱的淚痕。

四十分鐘後，被自己設置的手機鈴聲驚醒，他很快的跳起來，催促自己還四散分枝的思緒回到崗位。一接觸到冷空氣的喉頭又重重的跌出兩聲乾咳，視線才對好焦距，就看見自己剛剛枕著休憩的破爛布景上，擺了一包十個裝的外科口罩，一盒喉片和兩個不同牌子的感冒藥跟退燒藥。

他愣怔怔的把它們拿起來，疑惑的打開儲物間厚重的鐵門，看見負責打點牧典所有舞臺造型、自己也總是打扮得體的造型師小茉迎面走來。

「小恩，吃過飯了嗎？我剛剛在轉角遇見牧典老師，他說你好像感冒的很嚴重，沒事吧？」她輕拍著他的手臂，語氣輕柔的問。

難道，這些是老師準備的？

他陷入全然的疑惑裡，呆愣的看著手上似乎已經顯示著「沒錯，我就是感冒的很嚴重」的成堆藥品。

「小恩？你沒事吧？咦？」突然她的目光向下，用掌心掩住嘴唇，「你的鞋呢？」

賦恩隨著她的疑問往下看，自己的腳確實空蕩蕩的只穿著襪子就走出來了，他扭捏的縮緊腳趾，尷尬的抓抓頭，「我放在道具間了。」

他隨即繞回去，卻驚覺剛剛放置球鞋的地方，就像偷天換日的魔術一樣變成一雙最普通的藍白塑膠拖鞋，他瞬間臉色一沉。

「咦？」

到底是誰啊？誰還要偷那雙破鞋啊？

實在不能管那麼多了，賦恩只好穿著那雙拖鞋趴搭趴搭的走回繁亂的後臺，隨便塞了幾片另一個魔術助理好心贊助的蘇打餅乾，配著溫水把感冒藥送進胃袋。

隨著喉結的上下起伏吞嚥進喉嚨裡時，慣例傳來一陣無數的螞蟻啃噬般的刺痛，緊皺眉心看著感冒藥的包裝，邊想著這個神祕人士，還很貼心的買了註明服用後絕不會嗜睡的牌子。

緊接著馬上又拆了喉片的包裝，擠壓著鋁箔拿出一顆含在嘴裡，清新的檸檬口味溫潤了熱辣的喉間，邊將口罩的兩邊鬆緊帶鉤好在耳緣上，拿著資料走向牧典的專用休息室，輕敲了兩聲門，沒有關緊的卡鎖就被順勢推開。

他小心翼翼的把頭探進去，一團白色毛絨、還搭配著展翅拍打聲的物體卻突然飛越過眼前，讓毫無準備的心臟嚇的一陣緊縮。

「他又來了。」

賦恩安撫著胸口，走進去看到空無一人的休息室裡，牧典表演專用的五隻毛色雪亮的斑鳩在房間的各處悠閒漫步，慣用製作道具的工具箱內物散落在桌上，鉗子上夾著黃藍兩色的電線前端有燒過的痕跡，屬於塑膠燒熱過的臭味還殘留在空氣中。

裝在他專用黑色保溫杯裡的熱咖啡還蒸散著熱氣，黑邊眼鏡和宛若他身外之物的手機，一起靜置在雖然敞開上蓋卻進入休眠的手提電腦旁邊，顯示著他不久後應該還會再折回來繼續完成工作的訊息。

賦恩看著悠哉的穿梭在這些雜亂無章物品裡的斑鳩，索性拉起袖子，緩緩壓低身體，放輕最低的聲息慎重的靠近，以為在牠毫無防備的時候從背後伸手一抓，牠卻還是身手俐落的從他手中敏捷的飛開。

他隨即把目標換到在地上搖頭晃腦的另一隻，擦掉凝結在額間的汗珠，將雙膝輕觸地面，輕柔的把手一伸，雖然沒有把牠驚擾的瞬間飛離，卻隨著他掌心的逼近而踩著小碎步節節後退，聰穎的退到他手勾不到的櫃壁一角。

「你們這些傢伙，在牧典老師手上就乖的跟什麼一樣。」

他咬牙，輕嘆一口氣跪趴在地上沮喪的投降，突然身後響起一聲清亮的口哨聲，本來瑟縮在牆角的小東西就機伶的展翅飛向聲音的來源。

賦恩馬上狼狽的爬起身，戰戰兢兢的整理凌亂的衣襬瞬間站好，看著將半身重心倚靠在門邊的牧典，撫摸著乖順的停在手指間的斑鳩，用掌心包覆牠放到唇邊溫柔的輕吻。

「跟著我們長途跋涉那麼久，我只是放牠們出來透透氣，牠們也是很敏感的，像人一樣需要適應陌生環境。」

「你現在除了抓斑鳩之外，還有其他工作嗎？」他用雙掌環抱著斑鳩，將牠小心的放回鑿了無數整齊透氣孔的鐵箱裡。

「我要來跟老師討論明天錄影的流程。」賦恩挺直腰桿正經的回答。

「那好，我現在要給你其他的工作。」牧典聞風不動的說著，邊向前抓穩他的左手臂將他拖出休息室。

賦恩只是疑惑而被動的被他拉著走；自己在他面前是不具有反抗權的，所以也不敢吭聲詢問他到底要帶自己去哪裡，他的臉上也沒有可以撿出端倪的線索。走到大門前，遇到拿著這次巡迴展演宣傳海報的經紀人，他只是拍拍他的肩隨性的說：「我把賦恩借走一個鐘頭囉！」也沒等他做出任何反應，就推開光潔的玻璃門走了出去。

「想吃什麼就盡量點吧，這餐我請客。」

牧典將外套隨意的丟在位置上坐下之後，就用手指將菜單沿著桌面滑向表情還一直延宕在遲疑裡的賦恩面前。

賦恩拿起菜單，將眉頭擰得不能再緊，掃視手上這份印字秀氣的菜單旁標示的價目。

牧典就這樣毫無理由的帶他走進這間隱身在電視台對面小巷弄裡，裝潢風味十足的一家義式餐廳，裡面的陳設充滿暖色系的簡樸鄉村風情，空氣裡盡是醇蘊的香料和濃稠的起司香氣，音響輕揚著法國女歌手慵懶的歌聲，放眼望去客人幾乎都是充滿粉色氛圍的年輕女性和上班族。

「請問兩位要點餐了嗎？」笑容可掬的女服務生拿著點單和筆恭敬的向他們詢問。

「蕃茄肉醬麵，單點就好。」賦恩馬上說出他已經鎖定菜單裡最便宜的菜色，毫不猶豫的說。

「不要理他，他在跟我客氣。」牧典馬上出聲駁回，戴起穩厚的黑框眼鏡，很隨意的瞄了菜單一眼，說：

「給他一套你們今天的特別套餐，還有麻煩請不要放太刺激的調味，他現在重感冒。」還順便幫自己點了一套下午茶套餐。

賦恩對現在這個從沒發生過的狀況，雖然還是理不清頭緒，不過他深知自己也只能選擇像平常一樣認份的安靜配合，所以只是用手指稍微拉鬆了口罩，灌了幾口溫開水。

食物漸進的從前菜的沙拉到湯品，掌握恰到好處的節奏端到賦恩面前，賦恩也乖乖的埋著頭專心吃飯，在這期間，他們之間就只深埋著無語的安靜，靜寂的宛若即將熄滅的火苗。

牧典在點完餐之後就從深咖啡色的側背包裡，拿出一套牌背由豔紅和靛藍勾勒著典雅紋路的撲克牌，用右手四指力道老練適中的讓牌在桌上勻稱的向左展開，如順暢旋舞的彩帶，之後收整，俐落的單手展牌、切牌，以及讓人在眨眼瞬間就稍縱即逝、掩人耳目的單手花式洗牌。

他在做這些動作的時候，表情都是保持正陷入深層挖掘的思考裡，似乎是藉此來鎮定安撫思緒的無意識慣性，彷若手上的每一張牌都是他忠誠而深具默契的舞伴，一放入掌心，它就可以領著他追隨旋律精準的踏出下一個舞步。

賦恩知道這個時候他需要能完全主宰的安靜，任何噪音的撞擊，都足以傾毀他才剛塑育成型的幻境。

跟在他身邊的人都知道，他私底下和臺前那個猶如可以破壞所有既有理解力、帶來衝擊驚嘆號的幻象工程師，是完全不同的兩個面體。

他性情慵懶、喜歡安靜，沒有過多的親和，卻有著孩子般直接的善意，單純如一個原始的粗胚，厭惡攪動生活的瑣碎噪音，熱愛燃起無盡的時間，只為了焚燒一個變化莫測的瞬間，其餘時間他都隱匿在秘密的陰影底下，在裡面他可以想像、拆開一切，探究極致純粹的真理，然後再將他捏塑成繁複的謊言。

服務生將牧典的下午茶套餐送到桌上時，仍然沒辦法讓他的全神專注出現裂痕，他仍手法沉穩的演練著需要紮實基本技巧的Ambitious Card（註1），看著他目不暇給的洗鍊穿插著false shuffle（註2）、false cut（註3）和pass（註4）。

賦恩只是小聲的將他手邊，處在碰撞危險邊緣的咖啡移到自己面前來，幫他拆開圓筒長型的糖包，照他的習慣不放奶精只加半包糖，之後讓湯匙完全不發出碰撞聲響的攪拌，再謹慎的將杯子推回他面前。

眼前的人卻突然輕發出低沉的淺笑，終於暫時擱置沉默開始對話，「你真的是很會照顧人耶，你女朋友還真是撿到個好男人哪！」

賦恩稍微愣了一下，笑容牽動著明顯的尷尬，「她應該不這麼覺得吧？她上個月就一直在電話裡跟我吵架，前兩個星期正式跟我提分手，看她真的很痛苦的樣子，我就答應了。」說著邊用叉子搓弄餐盤裡的青花椰菜。

「因為你不能常陪她嗎？」牧典將撲克牌堆疊好握在手心，要將它們全部排列整齊的在桌上輕叩了好幾聲。

「這也是原因之一啦，不過更嚴重的原因是她完全不瞭解我在做什麼，有些工作內容不能說的太詳細，也越來越受不了我開口閉口都是在談魔術，沒辦法像她的同事總是能實際參予她的生活，所以她就答應了她主管的追求。」他越說，嘴角的笑容越發難看，看得出他很努力想要表現的毫不在意。

「說起來真的也很可笑，我們明明是我大學參加魔術社團，在一次聚會裡公開表演的時候，我請她當臨時觀眾助理認識的。」

「沒辦法，要奉獻在魔術中就是這樣。」

牧典拿起手邊的叉子，隨意的轉繞在指間，「我們是一個鎖，就算知道我們看守的魔術這個箱子裡，存放著多少驚人的秘密，也還是只能保持沉默，繼續把這個箱子緊緊鎖著，誰要求想來探究都不行，就算再親的人也一樣。」

這是魔術師的原罪，只能一個人獨行黑夜，在這片黑暗裡穿越鏡子的另一端，讓鏡子外全然相反的世界，繼續揣摩裡頭顛倒的真相。

「所以你很早就開始接觸魔術了？」牧典試圖轉移這個很難下手衡量觸碰力道的話題。

「最開始是小學四年級的時候，我最大的弟弟去他班上家境不錯的同學生日會，回來就很興奮的跟我說他們請了個業餘的魔術師來表演魔術，說他下個月生日的時候也想辦這樣的生日派對。我父親那時候因為工作上的意外受傷住院，我媽媽是護士為了分擔家計，常常值整天的班，幾乎都是我負起照顧五個弟妹的責任。

他其實也知道我和我媽的辛苦，平常也不太會跟我們撒嬌或任性，但是我看他那麼期待，實在不想讓他失望，就用零用錢買了一副撲克牌和一本魔術教學的書，為了怕在弟弟和他同學面前丟臉，在學校每節下課都躲在廁所苦練，連晚上都用手電筒窩在棉被裡練。」

「真是個笨蛋哥哥。」牧典輕笑出聲。

賦恩感覺很難得能在他面前完全放鬆工作時分秒必爭的拘謹，用閒適的姿態自在輕鬆的和他對談，越說就越不自覺的，把剛剛那股彷彿被黑色濃霧籠罩的感受全丟到腦後。

「是啊，從那次表演成功之後，那些小鬼根本就把我當偶像一樣崇拜，每星期都嚷著要來我家看新的魔術，我就只好強迫自己不停鑽研更難的手法。等發現的時候那本教學書都已經被我翻到破爛，而且我也真的學起了裡面每一個魔術。」

「很有成就感吧？就算手法練就的再怎麼完美無瑕，如果沒有讓觀眾被娛樂的情不自盡將掌聲送還給你，這個魔術就不算成功。」牧典淡然的說著一路走來自己覺知到身為把夢境當成商品出售的賣方，最基本的準則。

「不過真正讓我想踏入這個領域是在四年前，我想老師你應該不記得了，當時你剛剛獲頒梅林獎，電視臺都爭相邀請你上去表演，瞬間變的家喻戶曉，我跟弟妹們都很崇拜你。當時我去參加生平第一次進入準決賽的一個區域性魔術比賽，有邀請你擔任特別來賓。」

賦恩看著他果然露出一臉狐疑，似乎連在腦海裡翻箱倒櫃，也沒辦法撿回當時景象的表情——賦恩早就知道他不記得。

因為在好不容易爭取到在他身邊工作的機會，來報到時在他面前介紹新人加入團隊的那一天，他只是淺淺的跟自己說了句「以後請多多幫忙」之類的場面話，眼神和表情都是只保持單調初識的陌生。

「總之，我們為了看你表演，還攜家帶眷在我比賽的前一天就過去，等你表演完之後我妹妹一直吵著要上廁所，所以我就請最大的弟弟幫忙顧著他們，帶她去廁所。回來後竟然看到我弟弟偷溜到臺上去，跟正在和主辦單位人員說話的你要簽名，我當時真的覺得全身血液都快逆流了，想也沒想就衝上臺想趕快把他帶開。

我很慌張的衝到你面前，不停跟你和工作人員道歉，結果你只是很親切的跟我說沒關係，也真的幫他在撲克牌盒上簽名。我弟弟跟你說我明天也要上臺比賽，你就笑著跟我握手，跟我說加油，後來，我就真的在那場比賽裡拿到冠軍。」

「你看，就是這個，我一直帶在身上，是我最重要的護身符。」說著邊從背包裡拿出上面有著牧典用黑色油性筆在表面舞畫著英文簽名的牌盒。

「你這樣說，好像都是我的功勞，感覺我真的身懷什麼魔力一樣。那明明就是你靠自己努力得來的成果啊！」牧典用掌心托著下巴，有些啼笑皆非的拿起牌盒笑著回應賦恩。

「我一直都是這樣相信，現在也一樣。」

賦恩的表情像一個堅持不從夢境裡醒來的孩子般堅定，笑得真誠自然，如最初的手稿一樣樸質。

牧典突然收斂了嘲弄的笑容，只是凝視著他。雖然這個傢伙堅毅相信投靠夢境的基準是多麼粗糙，但他眼球的心脈裡仍透著不曾熄滅的光，還沒有惡意質疑的潮濕讓這個理念發黴，感覺心的底層不自覺的隨著這一刻輕輕的搖晃。牧典輕笑了起來。

「也是，就當是這樣好了。」他將十指安放桌面，像在告訴自己這雙手確實可以將永恆的涵義殖入信仰夢境的人心中，「畢竟只是單純的想要相信這一點，是真的很重要。」

他說著看了一眼手錶：「時間差不多了，我們該回去準備了。」

說完便開始很刻意的大動作翻找包包，稍微擰緊眉頭，又回頭摸摸褲子的口袋，反覆確認之後，把他招牌的求救眼神投向剛把口罩戴好的賦恩。

「我的錢包不見了。」

「什麼？」雖然這已經是常上演的戲碼，但賦恩還是驚訝的跳起身。

「我好像放在剛剛買東西的店裡。」他歪著頭摸著下巴，煞有其事的認真思考。

「那家店在哪裡？」賦恩著急的慌忙將外套穿好。

「就在出去右轉走到路口，左手邊的第一家店。」

牧典興味盎然的看著賦恩為了自己，踩著不合腳的拖鞋火速的衝出店門口，暗暗慶幸果然總是可以不用任何迂迴的技巧，就讓他如此完美的配合自己演技的單純，隨即輕笑的摸出預藏在外套底下的錢包，對服務生舉起了手。

「我要買單。」

賦恩忍受著因為跑步過度換氣，卡哽著冷空氣在喉頭的難受，全力跑向他口中轉角的第一家店，是一家聯合代理各種名牌運動用品的連鎖店，不疑有他直衝進去櫃檯前，努力調順氣息，對著在櫃檯前疏著馬尾的服務小姐慌張的詢問：

「請問，你們有撿到一個黑色真皮的錢包嗎？」

小姐先是愣了一下，隨即親和的笑了開來，回頭向店內正在整理存貨的老闆大喊，「老闆，嚴賦恩先生來了。」

本來蹲在地上，妝扮時髦、抓著率性刺蝟頭的老闆，拿著一雙黑色復古造型的卯釘限量版球鞋，理所當然的放到他腳邊。

「楊牧典先生要我請你試穿看合不合腳。」

賦恩瞬間腦袋衝擊了一片空白，起伏的胸口還敲擊著笨重的心跳。

——原來如此。你知道今天是我生日。

——不管是感冒藥還是那頓看來毫無理由的午餐，還有現在這雙鞋，都是你慣用的詭計，要等到最後一刻才要故弄玄虛的盛大揭祕。

他嚥下燥熱喉頭的莫名酸楚，沉默的彎下身來，把腳套進這雙做工細膩、質材舒適的球鞋裡，是完美包裹雙腳的尺寸，他隨即笑了出來。

——為了這個，你還特地的偷走我的鞋啊，你這個狡猾又愛耍帥的魔術師。

從腳上傳來撫慰的溫暖，讓他的眼框裡擁擠了無法載重份量的熱霧，本來嶄新的球鞋漸漸被稀釋的模糊。

——但是，我真的是敗給你了。

——這無庸置疑是我打從出生以來度過最棒的生日。

註1：Ambitious Card（陰魂不散）

此撲克牌魔術用到相當大量的魔術手法、引導及錯覺，是撲克牌魔術裡效果最好、手法最難、程式最多變化的魔術。

註2：false shuffle

撲克牌魔術術語「假洗牌」。

註3：false cut

撲克牌魔術術語「假切牌」。

註4：pass

撲克牌魔術術語「移牌」。

三・光的玫瑰

魔術師是被時間放牧的旅者，隨地圖標記的中繼站，隨遇而居，彷彿從上游啟程的河水，無止盡的隨著浪軌向前，沖積到下一個未知的岸邊。

所以當賦恩在聽見經紀人跟大家宣佈說，「下場表演因為場地的合約談不攏而取消，你們可以回家休息三天。」的這段話的時候，愣了好幾秒。

可以回家了？

雖然在拿到工作表，在自己的筆記本上註記行程時，就把預定是輝煌歸鄉巡演的六月特別畫上星號，多少會冀望可以抽出點空檔回家看看。

想回去聞聞弟妹身上柔軟爽身粉的味道，吃飯時間總是圍聚電視吵雜跟很多副碗筷的客廳餐桌，廚房的白板上標記著，每個星期孩子們必須輪流分配家務的名單。

後廊的曬衣架上，掛了整排必須丈量間距才能完整排列的衣物，母親的純白護士服就算被洗衣精刷洗過，也還是會散發淡淡的藥水味，玄關兩側排列著各種尺寸、樣式的運動帆布或淑女鞋裡，自己的球鞋已經五個多月都沒有出現在其中的行列裡。

賦恩完全無法收斂臉上的笑容，小跑步的回到後臺從自己的黑色斜背包裡翻找出手機，迅速的打了一封簡短的訊息給這個時間一定還在醫院值班的母親，再撥了一通電話回家。

話筒傳來才剛把弟妹接回家的大弟沛恩沉穩的聲音，在他身後聽到對話內容的小傢伙們馬上爆出一陣興奮的歡呼，吵雜的喧囂之中參雜著他最想念「哥哥」的身分，讓賦恩感覺離終於能夠回家這件事的真實性又更靠近了一些。

掛了電話之後他走到牆邊，打開鐵製儲物櫃，拿出收置在櫃底的鞋盒，把充滿復古氣質的卯釘球鞋如視珍寶的拿出來穿在腳上，站起身感覺鞋墊穩厚支撐重心的協調感，嘴角堆滿滿足的笑意。

「你終於捨得穿了。」

牧典將雙手插在口袋，踩著最輕的音息走近他身後，將下巴輕放在他微微聳起的左肩上。

「因為我穿回來的那天，大家看一次就講一次這雙鞋看起來很貴啊。」

賦恩理所當然的反駁自己，絕對有可以把它像供起來膜拜一樣珍視的理由，自從牧典買給他之後，他至始至終就只穿過生日當天那麼一次，隔天他平民百姓的價值觀，就馬上督促他去買一雙便宜的慢跑鞋，來替它代罪工作量的蹂躪。

「你開心就好。」身後語氣沉靜的男人，只是像看到把糖果塞在口袋裡捨不得吃的小孩一樣寵溺的輕笑。

說完他緩慢的走到賦恩面前，將本來就握緊在手中，瓶身清透簡斂的香水，在指腹上噴上一滴，輕抹在賦恩凹陷的鎖骨中央，接著像要品味隨著體溫揮發出木質系清淬的馥香，將鼻尖輕觸在他的鎖骨上方。

「跟我想的一樣，這香味很適合你。」他閉上眼睛，深吸了一口氣。

賦恩耐著頸項間他的鼻息輕撫的搔癢，僵直了身體，眼角不自在的飄向半敞開的門縫，「老師，我身上都是汗耶！」

他用雙手的大拇指跟食指小心翼翼的輕捏牧典的雙肩，全身的溫度都漲起憨直的臊紅。

「哪，送你。」牧典把香水塞進他的掌心，「這樣我們聞起來就一樣了。」牧典毫無保留的笑容像孩子一樣自然。

「謝謝。」還是沒辦法理解牧典的意圖，反正眼前這個擅長讓人意料之外的人，做什麼都不需要覺得太奇怪，他只是被動的把香水放進包包裡。

「難得可以回家，趕快回去好好陪家人吧。」牧典輕拍賦恩的肩，隨即接起在口袋裡噪響不停的手機，走出門外，還回頭給他一個不捨的飛吻。

真搞不懂他到底在想什麼。

賦恩深嘆一口氣，鼻間輕觸到身上從來不曾有過的簡歛芬香，和他還殘留在空氣裡的肌膚香韻一模一樣，像被他貼上了獨據的標籤。

「牧典老師很寵你。」

他突然想起生日那天，他的經紀人亞倫半開玩笑的這麼虧他，賦恩那一瞬間覺得非常困擾，希望他別在大家面前說這種話，因為他只想依靠自己的能力好好表現，不希望在團隊裡受到太多不必要的特別關注。

但是，其實賦恩心裡很明白，牧典默予自己能靠近他——就算他讓出身邊的空間是多麼的不起眼又狹小，他還是希望能穩穩的獨占，這個位置。

從市中心表演廳前搭上大巴士，一個小時後，賦恩就已經站定熟悉的紅色家門前，門上的縫隙間，仍然懸掛了好幾支不同顏色的透明膠傘，按下門鈴，室內就慣例的響起弟妹們爭相搶著開門的喧鬧聲，一打開鐵門，最小的弟弟承恩和雙胞胎妹妹予柔就扯著嗓子大叫，「歡迎回來！」迫不及待的飛撲到他懷裡。

「我回來啦。」賦恩寵溺的在他們柔軟的臉上覆上輕吻，隨手把行李放下，一手抱起承恩，另一隻手空著讓予柔揉捏著撒嬌。

相較於二個精力充沛又聒噪的小毛頭，總是比較成熟的雙胞胎姐姐予慈，整齊的梳著兩束辮子，穿著和予柔同款式的水藍色洋裝，只是在玄關站直身體，將小手驕傲的指著客廳牆上，印著自己名字的寫生比賽第一名獎狀，得意的笑開一排牙齒。

「好厲害喔！我們家予慈越來越優秀。」已經習慣代理父職的他，溫暖的笑著摸摸她嬌小的頭。

「媽媽叫沛恩跟傑恩哥哥去買外帶披薩喔！」承恩的口氣裝著滿滿興奮的期待，對從小家境一直不是很優渥的他們來說，披薩已經稱得上是特別的日子才允許出現在餐桌上的頂級美味。

他把承恩放下來時，不小心踩斷了予慈滾落在桌下的紅色蠟筆，她不滿的哀叫出聲，他只能一邊脫下沾滿紅色碎屑的襪子，一邊安撫她。承恩在旁邊不停的喚著他，要他看手上新買的恐龍圖鑑……

家裡還是一樣，充滿許多來不及歸位的雜亂，擁擠卻熱鬧，沒有一點能讓安靜容納的空間，熟悉沸揚的吵鬧和家裡獨有的味道，讓人感覺終於填平了他將近半年都在外辛勞奔忙，而被疲憊掘出的一大塊空洞。

賦恩走進自己的房間，雖然美其名說是房間，其實只是把陽臺拓寬以後，再增建加蓋的只有四坪大的空間，只能放得下幾個木製矮櫃當衣櫥跟放置雜物，牆上再克難的加釘一些層板，放著大學時期參加魔術比賽的獎盃和獎狀，魔術相關的書籍層疊在地上，門後則貼著牧典第一次展開亞洲巡演的宣傳海報。

海報裡的他，一身剪裁合身挺拔的黑色訂製服，自信的挺直背脊，站在舞臺最奪目的聚光燈中央，張開雙手，在一片紛雪般的紙花之中，嘴角安置著得宜的微笑，全身都彰顯著獨特的冷調和讓人無法忽視的深斂魅力。

這張海報是賦恩去參加他第一場巡演時，偷偷從場外的牆上撕下來的。他對牧典的崇拜幾乎成為他理想裡的最終座標，他只想堅定不移的一步一步朝他所站的位置前進，所以現在能在最靠近他的距離，跟他一起朝夕合作，賦恩到現在都還是覺得像夢境一樣不真實。

他換上家居的寬鬆T恤和棉褲，看到矮櫃上放著，去年進去團隊工作之前，和女朋友去外島旅遊的照片，照片裡甜蜜單純的笑容依舊，卻已經被現實磨耗的變了質，其實自己真的不怪她，畢竟以現在這種為泡沫一樣不真實的理想而艱困打拚的現況來說，真的也給不起她什麼實在的承諾。

他把當時特地花錢買來的鋁製相框拿起來，把後面的卡鎖拆開，拿出放在側背包裡，三個月前和團隊一起到紐約巡演的大合照照片，覆蓋上去重新鎖好放回櫃子上。

「這樣也好。繼續往這條路前行就是我的唯一。」

他就像在告訴自己正確答案一樣輕聲的說。

賦恩坐在客廳地板上，在興致勃勃的三個小鬼們面前，表演新練習的加法預言魔術，放在矮和式桌上的手機響了起來，他拿起來查看，是平常慣性設置的鬧鐘行事曆，手機上顯示著「提醒牧典老師吃飯」的一行字。

只要情況允許，自己又在他身邊的話，這幾乎就是一個無形之間被自己攬在身上的責任。牧典雖然也滿足於名利雙收之後，能豐盛享用的高生活品質，但他只要一把自己埋首於工作，工作的時間就成為佔滿支配他生活步調的唯一準則，只是隨便亂吃或只吃一餐，還是根本整天都忘了吃都是常有的事。

賦恩抿起嘴唇，專注的看了幾秒手機上的字，大拇指躊躇的放在撥出鍵旁邊，猶豫著這個時間打過去，也許會打擾到他，但難得的分開卻讓他深刻的察覺，照顧他似乎已經成為呼吸一樣自然的慣性，放著不管他，只會讓自己珍貴的放鬆時間無端被擔心所影響。

思考了一陣子，他只是下定決心把雙腿盤坐好，迅速的找到牧典的號碼，快速的打了一通簡訊。

牧典坐在飯店房間的桃木單人椅上，勾著腳聚精會神的看著眼前的筆電螢幕，飯店廚房送來的中餐還保持原樣擺在手邊，感覺口袋內手機微微的震動，他仍將眼神鎖緊在螢幕上，慢條斯理的摸向口袋，拿起來用指尖輕觸螢幕，看到上面一排簡短的字句，一下就讓他繃緊了好幾小時的神經，瞬間鬆懈似的輕笑起來。

「幹嘛盯著手機像癡呆一樣傻笑啊？」坐在雙人沙發上，把腳率性的交疊在桌面，咬著鉛筆確認手中下半年行程的經紀人亞倫，把手抬在靠背上疑惑的問。

「真的是好可愛啊，賦恩那個小子，難得放假還是不忘記提醒我要吃飯。」他還是愉悅的盯著手機上那排簡單卻溫暖的字句，嘴邊推滿濃烈的笑意。

「你好像特別喜歡他耶，還真是難得啊！」

「現在像他這樣認真又老實的孩子，真的很少見哪！」牧典摘下眼鏡，向上舒展了一個懶腰。

「也是啦，年紀輕輕就要擔起整個家的責任。弟妹這麼多，父親早逝，他又是家裡的長子，壓力一定不小，聽說上個月才還完大學的學貸呢！」

亞倫說完，看到牧典一臉不知道怎麼回應的疑惑，驚訝的問：「你不知道嗎？」

「沒有聊過這方面的事。」牧典輕折起眉心。

「還說你很關心他呢！」亞倫刻意笑著挖苦的說。

牧典瞬間跌入了一陣凝思的安靜，看著自己垂放在腿間靜默交纏的手指，總覺得心被纏上一條不透光的細線，線的末端被賦恩無形的牽引。他隨即抬起頭。

「我下午有什麼行程嗎？」

「你不是要去看下星期要錄製脫逃魔術的場地嗎？」亞倫繃緊了臉，腦袋的壞預感瞬間敲響警鈴。

「這世界上我最信任的人就是你。」他站起身來把散落在桌上的私人物品，通通掃進側背包裡，俐落的穿上七分袖的白色休閒短外套，嘴邊的笑意燦爛得刺眼。

「你少來！你又想給我溜去哪裡？」歷經十幾年的合作磨合，他太清楚他不按牌理的隨性，一發作起來誰也別想阻止。

「拜託你囉，有事再打給我吧！」

說完他迅速的消失在門邊，亞倫只能頹下身體，煩悶的抓亂頭髮，拿起手機嘴巴唸唸有詞的搜尋租借場地廠商的電話號碼。

「搞什麼，就這麼喜歡那小子啊？」

傍晚時大弟跟二弟已經拿著熱騰騰的披薩回家，賦恩在打開冰箱時，看見母親在早晨出門時已經調味好的肉餡，索性在等待臨時請別人代班的母親回家的空檔，圍聚在餐桌前幫母親包水餃。這是他們從小到大的慣例，對一直都沒辦法鬆懈腳步為生活奔忙的母親來說，水餃是最方便又省事的食材，讓讀了一天書疲累的回到家的孩子也可以輕鬆解決晚餐。

「承恩你不要包太多餡啦！這樣煮的時候會散開。」賦恩趕緊把手上已經捏成漂亮扇型的水餃放下，接過承恩爆滿了肉餡歪七扭八的麵皮，把從縫隙溢出來的肉末捏回盆子裡。

「就說你幫忙只會礙事吧！」個性一直很強悍的予慈，口氣不耐的抱怨。

「妳自己也沒有包的多好看，大小都不一樣。」他嘟著嘴不甘心的回擊。

「哪有！」一被挑釁就生氣的女孩，抓了一小把散落在桌面的麵粉末，往他臉上丟。

「哥，你看姐姐啦！」他用小手擦著沾滿白色粉末的臉，哽噎搖著賦恩的手臂。

「好啦好啦，會主動想要幫忙的人都很棒，還吵架就不乖囉。」賦恩輕笑著抽了兩張桌邊的面紙，彎下身把那張被沾滿了餡料的手越抹越髒的小臉擦乾淨，突然客廳響起輕快的門鈴聲。

「應該是媽，她八成又忘了帶鑰匙了，我去開。」剛從浴室洗完澡的二弟傑恩，拿著毛巾擦拭充滿水氣的短髮一邊走向玄關。

打開門之後，賦恩隨即聽到傑恩像看到炸彈包裹送上門一樣著急的喊著他，慌忙的腳步聲迅速跑回來。

「哥！你快來啦！」他慌亂的揮舞四肢，滿臉的驚魂未定。

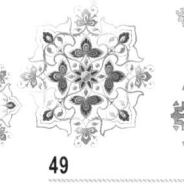

「怎麼了？誰來啦？」

「是那個，就是那個啊！就是那個超有名的魔術師啊！」他口齒不清的連他的名字都叫不出口。

「什麼？」他驚訝的馬上跳起來，顧不得滿手髒汙和穿著卡通圖案的圍裙，不可置信的跑向玄關，果然看到正從他的賓士敞篷車後座，把大包小包東西拿出來的牧典，姿態輕鬆的跟他揮手。

賦恩只覺得腦袋裡的所有思考，瞬間像被沖擊的大浪鋪蓋一樣，席捲成一片空白。

「哥，你好詐喔，都沒有跟我們說他要來。」整個家裡顯的最鎮定的予慈，抬頭看向滿臉冷汗的賦恩。

牧典很自動的踏進玄關，把堆滿玄關口的鞋子挪出一個空隙，安頓腳上黑得發亮的皮鞋，仍然不以為意的笑得開懷，「這圍裙還滿適合你的嘛！」

「這不是重點吧？這個人怎麼老是這樣啊？」

賦恩皺起整張臉，無奈的在心裡哀鳴。

賦恩實在是搞不懂現在是什麼狀況，荒繆的讓他覺得就算作夢也不至於這麼離譜。

牧典就這樣毫無理由的帶了一堆禮物走進來，讓他飽受二個最大的弟弟疑惑的眼神襲擊，身上都快被看到穿孔。他不停的追問他為什麼會有時間過來，牧典只是很故意的笑著回答，「來吃飯的啊！」

毫無心機的孩子們只顧興奮的在客廳拆禮物，看到他們平常從來不能奢望擁有的嶄新文具和進口的零食，只是不停發出像在後院挖到寶藏一樣的讚嘆跟尖叫。

他很理所當然的請傑恩和沛恩幫忙切分他帶來的覆盆子慕斯蛋糕，自己則很隨性的晃到廚房，看到滿桌水餃成品時說了一句：「好像很有趣喔！」就擅自拉了椅子坐下來。

所以，現在賦恩正渾身不自在的，跟這個平常完全無法和這種清簡的居家情境放在一起的魔術師，在自己家裡狹窄的飯廳，對坐著包水餃。

「你為什麼只要輕輕一捏就可以成形了？」牧典皺著眉、很不滿意的看著手上歪七扭八的成品。

「我都已經做慣了，當然熟練，就像你把東西變不見，或讓它在意料之外的地方出現是你擅長的事一樣。」賦恩輕笑著把他手上的麵皮拿回來重新塑形，覺得平常很難得有機會認為他有什麼事情比自己笨拙，感覺非常新鮮。

玄關傳來門被鑰匙碰撞轉開的聲音，還穿著一身白淨護士服在薄針織外套裡，孩子們的媽媽知佳，在玄關口有精神的對室內喊著：「我回來了！」

小傢伙們一湧而上，雙胞胎們神秘兮兮的拉著她的手，承恩從後面輕推她的腰，「怎麼了？怎麼了？又是要看賦恩的新魔術嗎？」以為是孩子們的新遊戲的知佳只是笑的爽朗配合著被推著走。

到了廚房門口，賦恩硬著頭皮站起身來「媽，他是……」

「你的老闆，我知道。我常在電視上看到他。」還沒等賦恩說完，她已經僵硬的接話，臉上的表情瞬間凝固。

「妳好，打擾了。」牧典拍拍手上的麵粉，一點也不介意自己的出現帶來的爆炸威力，語調輕鬆的和她打招呼。

「你……你好，謝謝你平常照顧我們家賦恩。」她客套的跟他點頭，有些結巴的說，手很不自在的把掉到額前的幾撮亂髮塞回耳後，臉上沖上一陣尷尬的臊紅，隨即受不了似的轉身咚咚咚的衝進走廊盡頭的主臥室，一邊難為情的碎聲叨念：

「要死了！賦恩！你怎麼都不先跟我說他要來啦？我穿成這樣多失禮啊！」

「你媽媽看起來好年輕喔！」牧典把手托著下巴，事不關己似的說。

——唉，我也希望能早點知道啊。

賦恩無奈的搔搔頭，只能很冤枉的在原地呆站著。

「想再看一次嗎？」

牧典悠哉的盤著腳坐在客廳的和式矮桌前，在圍聚桌旁、賦恩的弟妹們聚精會神的關注之下，將三顆本來在手上的紅球，一顆一顆的瞬間消失在手的掌握之間，將手展示意味的交疊輕放在桌上，以示球已經憑空消失在手中，嘴角的微笑深陷著無法猜透的涵義。

「好！再表演一次。」小傢伙們馬上在一旁鼓噪的喧叫。

他唇邊的笑意自信的像等到了只顧爭食餌食而自願上鉤的魚，拿起在一開始拿出了三顆紅球之後，就一直放在旁邊沒有動過的木製空盒，打開來，三顆紅球又好端端的回到了盒子裡。

「好，那現在這個盒子裡有三顆紅色的球……」

「咦？怎麼會？不可能啊！」

就在這麼近的距離，又有這麼多雙眼睛緊緊扣著每個環節，完全無法理解他是從哪個縫隙裡動手腳的孩子們，只能爆出一陣訝異的尖叫。

反觀賦恩只是安靜的站在廚房的爐具前，看著翻滾懸浮在滾煮的熱水裡，一顆顆飽滿的水餃，擁擠的廚房裡充滿了煮沸的水蒸氣和麵食的香氣，他算準了時間拿起掛在鐵架上的洞勺，把水餃全部盛到瓷盤中。

剛剛換了一件只有正式場合，才會出現的端莊素色連身裙的知佳，本來把賦恩偷偷拉到房間裡，從皮包裡拿出一千塊塞給他，要他去巷口的日式料理店包份上等的握壽司回來招待客人，在出門時卻被牧典攔阻下來，說他只想吃自己包的水餃。

把裝滿水餃的盤子小心的拿到餐桌上時，承恩興奮的小蹦跳來猛拉他的衣角，眼神裝滿崇拜的閃閃發亮。

「大哥大哥！他真的好厲害喔！我們完全都看不出來他是怎麼變的耶！」

「是啊，幫大哥一個忙，叫大家來吃飯。」

大家隨著承恩的叫喚，笑鬧著移動到幾步就可以到達的飯廳，整個餐桌旁都是樣式不一樣的木椅，椅背掛著水壺、環保袋之類各式各樣的生活用品，緊倚著樣式老舊的冰箱和櫃子，只能拉開一條縫隙，抓對角度才能把身體擠進椅子裡。

賦恩讓出自己原本的餐椅給牧典，把放在客廳角落的摺疊椅架起來，挪了好半天才把大家都塞進餐桌上，桌上擺滿了披薩、水餃這兩樣組合怪異的主食，不同材質和大小的杯盤，予慈主動的數好筷子的對數，分發給每個人，倒飲料、準備碗筷、調醬料，折騰了好一陣子大家才安穩的坐在桌前。

牧典看著自己手上，已經脫漆的維尼熊圖案筷子，印著商行名稱的贈送碗盤，兄弟姐妹們有默契的讓比較大的孩子發號司令，把東西遞給對方，像份內的事情一樣的互相分工，都讓從小就是唯一獨生子的他，終於能參與其中，親身感覺到大家庭的緊密熱絡，表情不自覺的一直被牽動著暖熱的微笑。

「那麼，就開動囉。」

賦恩將筷子伸向裝滿水餃的大盤時，看見在對面坐了一排的弟妹們，眼神都被吸引到坐在他旁邊牧典的方向，對著他不停的聳著肩膀竊笑。

賦恩一回頭，看到已經玩心大發的牧典，把一根筷子用手指尖橫拿在手上，利用熟練的短棒原理，快速的讓它瞬間消失，下一秒就出現在另一隻手上。

「唉，老師啊，先吃飯吧。」賦恩夾起一個水餃放到他碗裡。

「剛好，這個醜八怪一定是我包的。」他把筷子在桌子上蹬齊，夾起碗裡的水餃大口往嘴裡塞。

賦恩看著他，感覺好像家裡又多了一個精力充沛的大孩子一樣。

吃完飯後，牧典很有興致的隨著孩子們起鬨，開始隨機挑選日常用品隨性編制了好幾個魔術，不管是怎樣簡陋的舞臺，他都可以讓氣氛精準的到位，加上面對的都是完全尋不到任何猜忌心機的孩子們，牧典顯得更加的從容自在，整個客廳一整晚都充斥著熱鬧的笑聲。

「你們這幾個，別再煩老師了啦，該睡覺了，明天還要上課呢！」賦恩叉著腰，指著櫃子上已經超過十點的時鐘。

「咦？」最小的三個孩子皺著眉嘟嘴，發出不甘願的抗議。

「聽話。」賦恩加重音調，語氣有些嚴厲的說。

五個孩子一臉無趣的站起身來，承恩在撒嬌的牽著賦恩的手要回房之前，回頭甜膩的笑著和牧典揮手，「魔法師叔叔，晚安。」

「晚安了，小傢伙。」牧典輕柔的微笑，感覺胸口不自覺的被燃起一陣安撫的暖熱。

賦恩在退出三個弟弟的房間時，被知佳小聲的拉到廚房一角，把一瓶深具年份沉釀價值的法國葡萄酒塞給賦恩。賦恩知道這是父親在去世前一年，為了慶祝結婚紀念日特地買的，一直被她安置在客廳玻璃櫃的角落，對母親來說是包含了珍貴紀念價值的寶貝。

「這個妳不是一直捨不得喝嗎？」賦恩訝異的將瓶身慎重的拿穩。

「我們家真的沒什麼可以拿來招待他的，你爸如果還在的話，一定也會這麼做。」

她從流理臺架上拿起兩個馬克杯，用餐巾紙擦拭乾淨，放到印著水果樣式的塑膠托盤上，遞給賦恩。

賦恩拿著托盤走回客廳，看到牧典正在掛滿了孩子們在學校的大小競賽裡得到的獎狀前，雙手輕放在腰間，對走近自己的賦恩說：

「你們家的小孩都很優秀。」

「是啊！尤其是沛恩今年還拿獎學金，他上大學之後的學費都沒讓我們擔心過。」他就像一個全心為孩子付出的父親一樣，語氣裡掩不住滿滿驕傲。

他請牧典在餐桌前坐下，從抽屜裡拿出小刀，沿著瓶口突出的圓圈順著切除封蓋，用很久沒有使用過的蝴蝶型開瓶器前頭的螺旋體，謹慎的鑽進軟木塞。

兩邊的把手隨著他的動作緩慢的升起，直到頂點時他俐落的將它扳下，再將軟木塞從瓶口裡拉出來，之後輕觸兩個杯口，將深紅寶石色的酒體注入八分滿，分別放在自己跟牧典面前。

「你很熟練耶。」牧典閒適的將頭枕靠在手臂上，語調慵懶的說。

「唸書的時候曾在飯店的酒吧裡打工。」賦恩坐下，拿起杯子和他的清脆的輕觸了一聲，放近唇邊淺嚐了一口，感覺純熟的果香順暢的滑入喉中，讓整個舌間都逗留著層次豐厚的香氣。

「實際來看你家，才感覺你們家真的好熱鬧。」牧典將杯子放回桌上，雙手安放交疊在隨性勾起的腿上。

「老師，你是不是聽誰說了什麼，才會突然跑過來做這些事？」賦恩看他沒有即刻否認，隨即感覺到心裡似乎被自尊這塊燒紅的鐵，烙上了堅硬的倔強，帶來一陣不服輸的痛覺。

「你不需要幫我們做這些，我並不是沒有能力。」

「我傷到你了嗎？」

賦恩別開他的視線，輕抽一口氣，眉間輕折起皺紋，手指無意識的在桌上點動，其實話一出口，後悔的浪潮就將剛剛瞬間燃起的衝動捲走，腦子裡兩種無法相容的感受正在互相矛盾的拉扯制衡。

理智清楚的發聲應該是要感激牧典對自己的關心厚愛，但從小就被堅強砌起的尊嚴，卻無法不將這些唐突的好意解讀為同情，讓賦恩覺得心裡就像經歷了本來拿起一朵璀麗的花朵，卻被帶刺的花莖毫無防備刺傷的疼痛。

「我們不是朋友嗎？我只是單純想見你才來的，這些事情也是因為我想要為你做所以就做了。」牧典仍然坦率的凝視著他，態度裡裝滿純然的安撫。

賦恩瞬間不知該如何回應，他明知不該用自己強倔的想法去揣擬他的好意，他沒有想到在那一刻感受到也許自己在他心目中是不堪而軟弱的，竟然像被狠狠的重擊一樣受傷，他捏緊了雙手，像做錯事而正在躲避父母苛責視線的孩子一樣縮緊肩膀。

「也許你還不知道要怎麼把我當朋友吧！」牧典輕撫下唇，目光安然的垂落。

「不是這樣的，老師，我真的……」賦恩慌張的撐起身體，卻被牧典強硬的打斷。

「首先，先從私底下不要叫我老師開始。」

他將手臂撐在桌上，下巴枕在掌心，興味盎然的笑意在唇邊輕綻，看著臉頰被酒精跟不知所措染的暈紅的賦恩，更加愉快的挑眉，「試試看哪！」

賦恩老實的坐直身體，抓緊膝蓋，目光彆扭的閃爍，好不容易才從唇邊努力發出這個他從來沒有嘗試過想要直呼的名字。

「牧……典。」

在說出口的中間他還一直很不習慣的扭動肩膀，似乎不好意思的想把臉都埋進胸口。

「什麼事？」牧典刻意的回應。

「謝謝。」

「好乖。」

牧典溫柔的笑開，他喜歡賦恩的率真，輕觸自己心裡本來安穩的水面，可以感覺到本質美好純粹的香氣、充滿堅韌脈絡的性格，讓他不自覺的想要完全包容他。

沒有什麼理由，就是單純的想要為他這麼做。

在主臥室化妝桌夜燈下的知佳，剛將今天支出的帳目，清楚的用條列式，寫在用孩子們多餘空白作業簿充當的家計本上。她將原子筆夾在今天紀錄的那一頁闔上，感覺房外本來還有細微對話聲響的客廳，已經回復一片安靜，她起身穿上拖鞋，輕聲的打開門探出頭。

看見賦恩正背著已經熟睡的牧典，走到自己的房門口，將他扶穩之後，空出一隻手把房門轉開。

「他睡著啦？」知佳放快步伐走上前幫忙賦恩扶著他。

「是啊，他酒量很不好，一喝多就睡著，我已經打電話給他的經紀人，通知今天會讓他住這裡。」

賦恩說完走進自己漆黑的房間裡，藉著打開的房門透進的微弱燈光，幫他把外套脫下來，整理好枕頭讓他舒適的躺下，將充滿香水芬芳的外套在衣架上掛起來，再回頭看一眼他已經陷入沉眠的安寧睡容之後，小聲的退出房門。

走回廚房，他捲起袖子走到正在收拾杯盤的母親身邊，拿起知佳剛洗好擦乾架在水槽鐵架上的盤子，放回去對知佳的身高來說，總是很吃力才放得著的碗櫥裡。以前唸書時在家裡的時候，這一直都是自己的工作，這間房子因為屋齡老舊，傢俱跟隔間的設計也都充滿老式陳腐的不便。

「你去休息吧，難得可以回家，不要太累了。」知佳輕撫他的手臂，聲音滿是疼惜。

「沒關係，能回家幫忙對我來說也是休息。」賦恩說著，繼續把碗盤整齊的分類疊回櫥櫃裡。

「他看起來是個很好的人，這樣讓你跟在他身邊，我也放心多了。」她釋然的微笑，牽起眼角深深刻印的幾條細紋。

「我現在雖然很忙，但能做自己喜歡的事真的很快樂，妳不用替我擔心。」賦恩擰乾沖洗過後的抹布，仔細的擦拭流理檯面的水珠，語氣堅定的回應。

知佳沉默的看著，一直以來都讓自己最心疼的長子，為了一肩扛起家的責任，總是訓練自己要比同齡的小孩想法更實際穩重，雖然知道讓他離家靠自己的力量開墾未來也是必經的磨練，但其實心裡沒有一天不牽掛著他初次外出獨立的生活。

她知道就算自己沒說出口，這個總是溫暖貼心的大兒子也一定感受得到，也明白要放手成全他完成自己的夢想。

這是自己，唯一能為他做的。

賦恩整理完家裡，梳洗完之後，室內已經安然的龍罩在安眠的沉寂裡，本來打定主意要睡在客廳，卻發覺敞開的紗窗微微透進初秋時節的濕涼夜風，充滿水氣熱度的肌膚馬上隨之降溫。在客廳裡遍尋不著備用的薄被，本來固定會掛在玄關口鐵鉤上的外套，似乎也通通被母親收回衣櫥裡。

他只好小心謹慎的拉開房門，不要讓門板碰撞出多餘的噪音。一踏進房裡卻看見牧典坐起了半身，背部撐靠在窗沿下的牆面，黑瞳在一片漆黑裡細膩的點起微光，賦恩沒想到他還醒著，著實嚇了很大一跳。

「老師，你怎麼了？這裡讓你睡得很不習慣是不是？」他擔心的壓低音量詢問，也顧不得自己還是改不了口。

「噓。」牧典將食指放在唇上，將蓋著半身的薄被緩慢的掀開，看著緊緊的用雙臂抱著他的腰，已經陷入深沉安眠的承恩。

「真抱歉，我馬上把他抱回房裡。」

賦恩很不好意思的準備伸手把他抱起來，牧典卻輕抓住他的手，輕輕的搖頭：「他睡得那麼熟，吵醒他好殘忍，就這樣吧。」

賦恩看著他軟綿的睡容，一邊輕聲的倚在牧典身邊坐下。空間實在有限，讓他們很自然的將肩膀緊靠在一起，近到能碰觸到彼此的呼吸的每一個吐息，輕的像溫和彈奏的低音符，空氣裡盡是被窩裡聚集的體溫散發出的肌膚氣息，已經習慣彼此靠近的兩個人沒有任何彆扭的抗拒，反而很放鬆的感受這刻溫暖。

「他應該是把我誤認成你了。」牧典細聲的說，稍微挪動身體尋找舒服的角度。

「他很怕黑，我爸還在世的時候常常陪著他，但他三歲的時候我爸病情就開始惡化，那時他每天晚上都很沒安全感，沒有我爸陪就哭著不肯睡。我爸去世之後，他因為想他常常半夜醒過來哭，我只好把他抱來房間花很多時間哄他，他就開始習慣跟我睡，我不在家的話他就會去黏沛恩，很愛撒嬌的小鬼。」賦恩邊說邊將承恩已經滑落肩膀的薄被單拉好。

「怪不得你這麼會照顧人。」牧典稍微把身體側向一邊，像要尋求最容易被安眠深擁的姿勢，將頭側枕上他的肩。

「我說你啊，在門後貼那種海報，難得放假回來還要看著老闆入眠，不會作惡夢啊？」

「那要用毛巾把它蓋起來嗎？」賦恩淺淺的悶笑。

「那樣更怪，託你的福，我還是第一次要看著自己的臉睡覺。」

「那就閉上眼睛，快點睡吧。」

賦恩一直沒有閉上眼睛，直到整個空間只剩下引燃夢境的規律呼吸，純黑的深夜如同沉入安寧的水底一樣寂靜。在這種擁擠的距離，整個右肩都依附著牧典放鬆安置的重心，背部倚著冰冷的牆壁，雙腳也因為不能驚動到熟眠的孩子，而只能維持同一個姿勢，他感覺背脊開始傳達微微僵硬的痠麻。

他稍微低下頭，嘴唇就輕觸到牧典細軟的黑髮。他不自覺的抬起手，用指背輕撫他柔潤的臉，感覺觸碰的熱度輕易的沸騰起激動的燃點，心跳開始奏響起陌生的音節。

他早就知道，他眷戀牧典偶爾靠岸一樣的依賴，就算多麼的短暫，也想成為他能安穩泊靠的沿岸，想要靠近他，感受他未曾讓人看見的一切，然後讓這一切深刻的殖入心中緊緊紮根，在自己關護的滋養下豐繞的任其生長。如今，這份感受已經在心裡茂盛成一片無法丈量的面積。

賦恩拉好牧典只覆蓋著半身的薄被到肩膀，手臂緊緊的環住他，耳旁聽著他細膩規律的吐息，沉沉睡去。

四・光的陰影

享受完短暫的放鬆休息，歸位回到團隊之後，忙碌讓時間像快轉一樣的壓縮，團隊新一季的挑戰，就是在年底的新春特別節目裡，架構一場大型的死亡逃脫魔術。

流程是讓牧典在預定的空地上，全身捆上束縛衣進入設有機關的木箱中，在箱子綁上密不透風的鐵鍊捆緊炸藥，用五個大鎖固定，接著讓助手引燃炸藥，旁邊的電子計時器會開始倒數一分半，在震撼的大爆炸之後，安排牧典從火堆旁騎重機戲劇性的再出場。

電視臺給的排演時間被壓縮的非常慌促短暫，很多細節無法經由反覆演練，降低風險和斟酌突發狀況，只要一個沒設想到的環節無意間鬆綁，就可能嚴重威脅到牧典的生命，工作現場瀰漫著壓力的緊繃，一有對話交集，內容就是嚴謹的公事，每個人都不敢怠慢的隨意放鬆神經。

緊張高壓的情緒一直延續到預定錄製節目的禮拜天上午十點，牧典著裝好走向預錄的空地，臉上始終掛著泰然自若的微笑，出場前安撫的拍拍每一個神情嚴肅的夥伴們僵硬的背脊，每個對視都交流著無聲的支援跟信任。牧典其實也依靠著把這些堅定的鼓勵安放心中，來平息有些雜亂的心跳。

他一手建立培養的團隊是他事業的莖脈，無數次都是靠團隊的努力扶持，才能精采的衝破每一次挑戰，讓自己在舞臺上綻放最無懈可擊的能量，所以此刻他把自己的生命都分發了一部份，給最信任的他們牽繫在手裡，待自己完成這場震撼的爆破美學，來註下一個輝煌的總結。

感覺到束縛衣的每一條皮帶卡緊纏繞在自己身上，難受的緊窒壓迫感，他開始感覺手心裡冒著濕熱的冷汗，他深吸了好幾口氣之後，一下隱沒進木箱的陰影深處，在此刻他就只能靠自己來編造這一個完美的假像，唯一能掌握的就只有深藏在木箱某個角落裡，不能見光的程序謎底，來保全自己的安危。

深具真實爆破威力的炸彈引信一個個被點燃，倒數計時快速的閃動毫不留情流逝的秒數，站在現場圍起的安全距離內的賦恩，將手抱緊在胸前，鎖緊了呼吸，心跳的每一聲起落，都像鼓槌重擊在鼓面一樣響亮。

一分半的時間閃瞬即逝，現場隨著火藥到臨至高燃點而爆破出巨響，木箱如預期的被衝擊的破壞力震個粉碎，白色而充滿火藥味的濃煙往上攀升，殘破的木屑四處飛竄，在旁對內幕程序完全不了解的主持群，面露驚恐的不停瞇著雙眼在煙霧中尋找他。

過了幾秒之後一聲沉厚的飽滿引擎聲快速的駛進現場，牧典毫髮無傷的駕馭著一輛充滿鋼硬金屬質感的黑色哈雷從容的登場，衣服連一個狼狽的破角都沒有，主持群驚訝的直呼不可思議的驚奇神情，完全達到了這個魔術必須要製造的爆點效果。

但這個沉浸在成就感的喜悅時刻，也只能像瞬間摩擦出的火花般短暫，他們必須馬上拉隊移動到距離現場半小時車程的電視臺攝影棚，繼續錄製接下來一個鐘頭以他為中心企劃的魔術專輯。賦恩揹起裝滿工作用品的斜背包，正準備跨步和其他三個助理一起進入印著電視臺名稱的黑色休旅車裡，卻被小跑步靠近的亞倫輕拍了一下肩膀。

「賦恩，你跟牧典老師一起去。」

「咦？為什麼？他不是都自己開車嗎？」賦恩困惑的把已經踏進車裡的一隻腳收回來。

「誰知道，他就突然這樣要求啊，哪，他要你開他的車，他在空地旁邊的停車場B區十二格那裡等你。」亞倫指著停車場的方向，將牧典的車鑰匙放進他手中。

賦恩看著手錶上已經延誤了五分鐘的移動時間，他邁開步伐快速的跑了起來，到達停車場他迅速的用眼睛巡視四周，往B區停著牧典醒目的銀色賓士敞篷跑車旁跑去。他輕喘著氣息先將斜背包丟到後座，拉開駕駛座車門坐了進去，立刻插進鑰匙發起動能充沛的引擎，輕踩油門俐落的退出停車格開往出口的方向。

已經在前座候著的牧典，只是整個人安靜的窩陷在椅背裡，緊閉著雙眼將額頭靠在車窗上，臉色不尋常的蒼白，眉心微微的蹙起，呼吸的頻率也有些急促。察覺他的狀況似乎不太對勁的賦恩，趁著在等一個大十字路口的紅燈時，用掌心覆上他微涼的臉頰。

「老師，你還好嗎？」他柔聲的問，用手指輕撥開他被冷汗沾黏在額前的黑髮。

牧典虛弱的喘著氣息，感覺臉上傳來他手掌暖厚的熱度，似乎想要他停留久一點似的也用左掌心覆上他的手背，什麼話也沒說，只是把眉間的皺摺扭得更緊了。

「你到底怎麼了？你別都不說，這樣我會很擔心啊！」賦恩幾乎已經確定他一定突發了什麼狀況，語氣焦急的詢問。

「我想喝水。」牧典語氣微弱的只說了這幾個單薄的字，離開他的手，把背靠回椅背上，企圖調穩呼吸似的從胸前深刻的抽了一口氣。

賦恩馬上回過身，伸長手臂拉開斜背包的拉鍊，拿出一罐已經喝了半瓶的礦泉水，再回過頭來把瓶蓋迅速的轉開。燈號已經移向警告的黃燈，他踩下油門，僅用單手轉動方向盤，另一隻手將寶特瓶遞給牧典，牧典試圖用右手接下，手腕卻像完全找不到施力點一樣沒有力氣握緊瓶身，瓶子一下就從他無力的手掌間滑落下去，潑灑出來的清水浸溼了棗紅色的腳踏墊。

「你的手怎麼了？」賦恩僵緊了整張臉，壞預感攀上背脊一陣冰涼。

「剛剛掙脫的時候，有一條束帶卡在手臂的地方，我硬抽出來就變成這樣了，一動就很痛，使不上什麼力氣。」他用左手把瓶子拿穩，一挪動肩膀似乎就痛的難受。

「這樣不行，我帶你去醫院。」

「你在說什麼傻話，節目可不能開天窗啊，我請你來載我過去，就是希望你別告訴任何人，就算是亞倫也不行。」他扶著右手臂坐直身體，語氣堅決。

「現在都什麼狀況了你還說這種話？我怎麼可能……」

話還沒說完，牧典就用左掌心摀住他的嘴，強硬的阻止他再跟自己爭論，「別跟我爭，聽我的話，你再不開快點我們要遲到了。」

賦恩很清楚他對工作堅毅的固執和對專業絕對尊崇的潔癖，一旦觸碰到他執掌的領域，想法就堅持的像絕不會被動搖的頑石，他只能無言的頹下肩膀，踩緊油門繼續開往電視臺的方向。

一路上他一直分神在注意路旁的醫院指標，無意識的咬著嘴唇，焦躁的用力捏著方向盤，好幾次都想要不顧一切的迴轉，帶他直衝醫院，所有的想法都在腦袋裡糾纏成死結。

到底怎麼做才是對的？他的傷勢這麼不明朗，這樣下去也許會造成無可挽回的後果，自己是唯一知情的人，就這樣屈服在他的固執底下，也許就會成為斷送他魔術師前程的沉默幫兇……

雜亂的思緒裡，只有一定要阻止他不可的想法準確落定，賦恩在接近電視臺的最後一個巷口前踩了煞車，瞬間的搖晃力道和輪胎粗啞的摩擦聲，驚動了身旁一直緊閉著

雙眼的牧典，他睜開眼睛，看見賦恩正將身體轉向後方準備迴轉。

「你要做什麼？」牧典反射的用還能動的左手抓住他的手臂，表情又是一陣痛楚。

「我辦不到，我一定要送你去醫院。」他難得對他語氣強勢的說，決意的將方向盤轉了一大圈。

「嚴賦恩！」他嚴厲的吼出他的全名，賦恩仍然不為所動的繼續往電視臺的反方向前進。

「你給我停下來！」牧典焦急的抓扯著他的手臂，賦恩被他突然的力道牽扯讓方向盤往右邊的反向車道偏去，他趕緊將方向盤偏回來，卻還是讓對向車道迎面而來的黑色轎車按了好幾聲警告的刺耳喇叭。

賦恩聽到自己的心跳緊張的像瞬間加速幫浦一樣，被驚嚇的鼓譟不停，他把車子開往路邊停下，顧不得兩個人立場身分上的差距，重重的對牧典提高了音量。

「你到底要怎麼樣？在這裡沒命的話你也別想上臺表演了！為什麼老是要這麼固執？魔術師的手有多重要你會不知道嗎？」他輕喘著焦慮的氣息，毫無所懼的和他凌厲的眼神對視。

彼此用眼神拉鋸對峙了幾秒，空氣裡盡是兩個人層層疊起的沉厚呼吸聲。牧典沒有想到賦恩的個性也有和自己一樣怎麼也鑿不穿的固執，只能沉默的用左手緊緊握拳，無可奈何的咬牙，開始想要解開緊束在身上的安全帶，卻被賦恩緊抓住手腕，把整個半身都輕壓制在他身上。

「我知道你要我載你，是因為你覺得我一定奈何不了你！但現在狀況可不同，我可不能容許你在這個時候任性！」

賦恩口氣嚴肅的像在訓誡不聽話的孩子，緊緊箝住牧典的左手，小心的不要對他的右肩造成負擔的將他壓制在椅背上，感覺牧典還在不放棄的扭動身體掙扎，他開始兇狠的語帶脅迫。

「不要逼我要把你綁起來！我可不想再傷到你，你現在沒了一隻手，要比力氣我是絕對不會輸給你！」賦恩輕鬆的牽制住他的反抗，牧典仍然不服輸的繼續扭動身體試圖掙開。擔心這樣毫無節制的使勁會再波及他的傷勢，賦恩索性緊緊抱住他的腰，把他攬進自己懷裡。

「放開我。」懷中的人向他傳達堅決反抗的僵硬著身體，因為過度施力和疼痛，全身都滲滿了溼熱的冷汗，話語裡伴隨著厚重的喘息。

「別期望這次我會聽你的話，之後你要把我開除還是怎樣都行，你不答應跟我去醫院我就一直跟你耗在這裡！」賦恩完全不鬆懈退讓的說著，雙臂強硬的抱牢他的腰。

此時兩個人的手機，都在距離幾秒之間的時間點響了起來，牧典瞄了一眼車上的時鐘，再一個鐘頭就要臨界準備上臺的時間了，他深吸了一口氣把下巴抵在賦恩的肩上，額上的汗水從眉間緊皺的紋路間滴落沾濕他的厚綿T，想安撫他似的費力的用雙臂回擁住他隨著喘息起伏的背，一抬手右上臂果然如預期的抽扯一陣難耐的刺痛。

「好痛！」他咬牙輕哼出聲。

「抱歉，如果你答應乖乖跟我去醫院，我就放開你。」聽到牧典氣燄全失的沙啞聲息，賦恩心裡翻攪著莫名的心疼，雙臂稍微放鬆了力道。

牧典敏銳的察覺到他鬆懈雙臂的一瞬間，迅速的推開他，用左手抓緊他的領口，重新把他拉近自己，毫無防備的吻上他的唇。賦恩訝異的繃緊了身體，感覺他有些乾燥的柔軟唇瓣。這個出乎意料的展開，像被一陣無法預期的逆轉風向瞬間衝擊，他混亂的腦袋完全不知道要選出哪一種想法，來回應現在的感受，只能被動的任他賦予和索求。

牧典抓準他瞬間呆愣的空隙，靈巧的用左手摸索到安全帶解開卡鎖，忍著右手的疼痛迅速扳開車門，掙開他跨了出去。

「竟然來這招！」

驚覺被他擺了一道的賦恩，全身都像被沸騰的熱水淋過一樣燥熱，胸口燒灼的熱度已經無法分辨是害臊還是惱怒，也跟著他開門跨出去。看牧典舉起手示意來車禮讓，小跑步的走向停在對街已經到處開車尋找他們的亞倫車旁，亞倫陰沉著臉講著電話，開

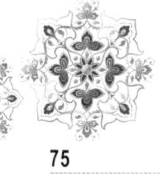

門讓牧典上了車，一邊瞪視著還呆佇在對街的賦恩，著急的揮手指著電視臺的方向，警告他快點趕過去，之後急忙的坐回駕駛座。

賦恩輕喘著氣息，看著亞倫的白色轎車快速的消失在巷口，知道本來握在自己手中能阻止他的權限已經溜走，只能垮下整張臉無奈的握拳坐回駕駛座，踩緊油門直衝電視臺的方向。

賦恩把車停到電視臺員工專用的地下室停車格，快步坐電梯直達七樓的攝影棚，相關的工作人員已經在互相督導跟溝通最後的流程細節，一男一女搭配的主持人和特別來賓也正在跟導播試音和打理妝容或是排演開場的臺詞，現場已經瀰漫一片即將開錄前的嚴陣以待。

在後臺遇到剛和製作人結束談話的亞倫，經過他身邊的時候表情兇狠的壓低音量，警告賦恩下次再遲到就死定了之類的話，狠狠的訓了他一頓。賦恩也只能把苦處往肚裡吞只是認份的點頭，強打起精神繼續投入工作。

在他確認和架設好所有自己負責的道具布景之後，看了一下手錶，距離開錄只剩下半個小時，賦恩快步的走向貼有牧典名字的的化妝間，輕敲了兩下門便開門進去，看到牧典坐在點著好幾盞溫黃燈光的半身鏡前，造型師正專注的用造型液固定他額前散亂的黑髮。

「那個……我有些關於表演的細節要再跟老師確認一下，可以麻煩妳等下再過來嗎？」他尷尬的搔抓著臉頰，只想趕快隨便的抓個理由把她支開。

「喔！那要快點喔，我先去洗手間一下，你們好了再叫我。」她也很配合的笑得和善，把梳子放回腰間的皮製掛袋裡，很快的開門走出去。

賦恩拉了旁邊空著的椅子坐下，把牧典的椅子轉過來面對自己，繃著臉把眼神賭氣的閃避牧典的目光，從背袋裡拿出剛剛和電視臺場務人員借的冰敷袋，動作有些粗魯的幫他解開襯衫的釦子，順著他肩膀的弧度褪下，露出他已經開始腫脹的右上臂。

「應該是肌肉拉傷，都已經腫成這樣了，現在還不冰敷等下會痛死你。」賦恩的口氣裡充滿負氣的平板，邊將冰敷袋覆上他腫脹的地方。

真的很想就放著他不管就好——賦恩對自己終究還是會選擇順從心裡的在乎，感到一股深刻襲來的無力感。反正現在不管說什麼也無法動搖牧典根深蒂固的執著，賦恩只是放棄似的保持沉默。

「你在生我的氣？」受不了彼此之間好似低壓過境一樣的氣氛，牧典試探的開口。

「我有這個資格嗎？」賦恩繼續把眼神垂落著不跟他平視，漠然的回應。

第一次碰觸到他冷冽如冰水的反應，牧典感覺緊貼手臂上讓發炎的腫燙舒緩降溫的冷意似乎也穿刺到了心裡，胸前突然凝聚起一鼓燥悶的難受，他不能忍受賦恩試圖跟他拉開距離，宰制一切的寂寞會馬上來侵佔這個獨一為他留下的位置。他稍微俯下身體，將額頭輕靠上賦恩的肩，充滿黏膩造型液香氣的髮絲黯淡的散落。

「……你在車上跟我說，我會選擇你來載我，是覺得你奈何不了我，其實並不是這樣，我會找你，是因為我只願意讓你看到我這副模樣。」

鼻尖撫觸到賦恩身上樸質的香皂淡香和溫厚的體溫，似乎足以搭建起讓他能安放內心所有不安的溫暖堡壘，他眷戀的把臉頰枕靠在他肩胛骨沉落的弧度裡。

賦恩什麼也沒說，只是為了穩定呼吸一般輕抽了一口氣。牧典主動的靠近總是能輕易的鬆動他的堅持，接近一種無法抗拒的軟弱。他喜歡寵他，好似理所當然的深刻在反應裡不可磨滅的習慣，在他和自己如此親密的此刻，自我意識的反抗便能被安撫的無聲無息。

賦恩還是無法不妥協在牧典的親近裡，用左手臂輕圈住他的腰，稍微把他拉近而更能深陷在自己胸前。

「到時要是真的痛得受不了就別撐了，真的要把手廢了才甘心？」

「嗯。」牧典溫順的輕輕點頭。

安穩的寧靜時刻很快就被一連串提醒上臺的敲門聲中斷，他們迅速分開，將心情歸放於工作時必要的拘謹。賦恩將冰袋放回袋子裡，起身幫他把淡銀灰的襯衫整理好，牧典輕握住他正在替自己翻整領口的手。

「你就看著我吧！真的不行的話，我會說的。」

看著他上臺之後的每個動作，賦恩都覺得心臟像被揉成一團一樣膽顫心驚。

他高水準的敬業態度，還是可以將狀態和動作合宜的掌控，雖然非常的不明顯，但賦恩還是察覺得到他取悅的笑容裡暗藏的吃力。從一開場深具錯引技巧的香菸跟打火機輪番在手中瞬間消失的魔術，他假裝點起打火機要引燃香菸的時候，手就止不住的顫抖。

接著是他平常總能輕鬆嶄露的一段三分多鐘的空手出牌表演，就讓他的額間布滿了無法掩拭的冷汗。在特別來賓的面前，演示將硬幣放入沒開封的保特瓶裡，和與來賓互動的撲克牌心電感應時，都盡量將手輕擺在背後，有技巧的簡略右手使用的頻率。

在鏡頭帶不到的地方，一回頭他的笑容就瞬間熄滅，持續撕扯的疼痛大量的消耗他的心神跟體力，讓他的胸前總是搧動著微微的喘息，似乎只剩下堅韌的意志力，是他還能讓自己站穩在水準上的唯一支撐。

賦恩將手臂緊抱在胸前，捏緊了滿個手心的冷汗，腦袋裡只僅存著希望時間能快點過去的默禱，不敢置信自己竟然眼睜睜的放任著他在眼前受苦，只要觀察到他每個被疼痛侵襲的細節，似乎都可以感覺心臟也和他一起承受痛楚。

這段沒有人知道的無聲折磨，在牧典勉強笑著和所有的工作人員和來賓留下大合照時終於落幕。賦恩馬上上前抓緊機會靠近亞倫身邊，向他輕聲而謹慎的說明牧典的狀況，讓他盡快不動聲色的安排牧典離開。在護送他上車時，賦恩看見他的背後已經被辛苦忍耐的汗水沁的濕透。

處事手腕深厚的亞倫，順利的協調院方讓牧典保密又低調的入院，經過醫生診斷證實是肌肉拉傷，上手臂淤起一塊大面積的血腫，連醫生都很難相信他竟然還能在這種劇烈痛楚的狀態下完成表演。

替他辦好所有掛號程序的亞倫，在長廊上遇見正要把牧典的私人側背包拿去診療房的賦恩，他們互相示意的點了一下頭，併肩走在一起。

「你在他上臺前就知道他受傷了？」

「嗯，他要求我替他保密。」賦恩此時才終於鬆口承認。

「所以才遲到？」

「我想硬把他帶去醫院，跟他起了一點爭執。」

「你別傻了，他那個人為了成就完美的表演，連命都願意賭上。」他說著嘴角揚起複雜的苦笑，「不知道該說他太熱愛自己的舞臺，還是單純的傻，他甚至跟我說過，如果他有一天真的為了表演在臺上丟了性命，也是死得其所。」

他停在診療房門口，溫和的將手搭上賦恩的肩，「那真是難為你了，抱歉我先前錯怪你，還不分青紅皂白的罵了你一頓。」

「沒關係。」

「你應該很擔心他吧，進去看看他吧，我請醫院替他空出一個診療間冰敷，讓他可以不被打擾的好好休息一下。」他說完輕輕拍著賦恩的肩膀。

「不過他還真得是很信任你啊，說不定比我這個陪伴了他十幾年的人還要信任呢！」

賦恩輕聲的打開房門，再小心翼翼的關上扣好，把腳步謹慎的輕放，不讓地板反映出吵雜的足音，整個診療房籠罩著能寄託所有睏倦的安靜，淡綠色的拉廉安穩的在床邊圍起舒適阻絕一切干擾的城牆，空間裡唯一的光線來源只有帶著冷色調的床頭燈，微弱的從厚重的棉布床簾材質上透出。

賦恩放輕了呼吸，把他的側背包放到床邊的鐵櫃上，想著就不要打擾他，轉身準備往門邊走去。

「是誰？亞倫嗎？」簾幕裡突然傳來牧典疲憊的詢問。

「是我，賦恩。」

「過來吧！」一聽到他的名字，牧典的聲音似乎就安頓了完全的放心。

賦恩走回床邊，將床簾拉開一個角落。牧典將背脊撐靠在三個柔軟堆疊的枕頭上，被冷汗濕透的髮絲像枯萎的草莖一樣死沉的覆蓋在額間，臉頰在冷色的燈光陪襯下顯得更加蒼白，藏在睫毛陰影下本來總是閃鑠著耀眼鋒芒的眼神，此刻卻只剩下兩炬柔弱的微光。

「坐啊！」牧典用左掌心輕拍床墊。

賦恩聽話的坐上床緣，牧典稍微移動身體，把頭倚上他的肩，還殘留滲進掌紋汗水的濕熱手心握住他的手緊緊相扣，賦恩也回應似的輕輕回握，他們都沒有發現這個被慣性的依靠養成的默契，讓他們能如此自然親近毫不感覺彆扭。

「還會痛嗎？」賦恩低聲的詢問。

「還是有點刺痛，不過比剛才好多了，到表演快要結束之前，已經痛到好像手都快不是自己的了。」

「誰叫你要這麼亂來。」感覺他在舞臺遭受的每一瞬痛楚，全都赤裸裸的敲擊在心上，賦恩自責的皺眉，「還要求我這樣看著你受苦，卻什麼也沒辦法做。」

「對不起。」

牧典安穩的半閉上雙眼，放低了聲息道歉。稍微抬起頭，賦恩總是表露著溫和直率表情的側臉就在幾厘之間。他緩緩的靠近，將唇再度輕觸賦恩散發陽光香氣的唇，快速橫度的時間似乎也在瞬刻間凝止。

牧典已經不想去釐清再度這麼做是因為源起於內心最深切而篤定的答案，或只是一時間無法被理解的失序。他渴慕能主導支配賦恩的感受，讓他為了自己，混亂的向理智叛逃。牧典緩慢的離開賦恩青澀的唇，感覺他吐息之間起伏的輕顫。

「為什麼要這麼做？」賦恩的表情一如他謀策的一樣，裝滿了窺不見謎底的最深困惑。

「這樣做能讓我安心。」牧典安然的閉上眼睛，再一次將索求的唇緩緩的靠近。

賦恩感覺胸前的熱一下直衝腦門，反射性的迅速從床邊站起來。他很直覺的確信應該要逃開。所有的想法都像飄浮在空中的紙片難以收回，他眼神閃爍，指尖因為激動而冰涼。賦恩還無法讀懂此刻從心裡深處清晰印現的純粹悸動是什麼，像站在一扇緊閉而無光的窗前，只是沉默的和他對視了幾秒。

「我……去拿點溫開水給你。」

賦恩說完，似乎急於從這個情境裡抽離一樣迅速打開門走出去，他不自覺的加快步伐，直接走向轉角心臟內科門診前休息區的販賣機，他伸進口袋掏了兩個十元硬幣投下，按下冰礦泉水的按鈕。

他握緊滾下的礦泉水，坐到等候的塑膠椅上，轉開瓶蓋，迅速的灌了一大口，試圖用冰冽的冷意讓灼燙著滾熱心跳的胸前降溫。他用舌尖輕舔濕潤的嘴唇，似乎還殘留著剛剛把唇瓣相貼合的瞬間，如同燒烙火紋般的觸感。

——我們不是朋友嗎？

賦恩想起那一晚他對自己說過的話，但是……朋友並不會做這種事吧？

他煩躁的抓頭，雖然這也不是自己第一次接吻，但這個吻除了掀起純粹的悸動之外，還像帶毒的蜇針，輕易的注入身體一劑本來不該存在而毒性猛烈的情感。

此時被深刻引燃的情緒讓賦恩不得不相信，除了對牧典的崇敬和執意的追隨之外，他似乎還想要更挖掘、翻開他不為人知的層面，然後讓自己深度的滲透下去。

——卑微的祈望這一切，只屬於自己。

五・光的荊棘

牧典受傷之後整整休養了兩個星期，持續的回診跟積極的遵照醫生的指示進行阻力訓練復建，終於才能將他的狀況，調整到能趕上參加早在年初就受到邀請的RIC國際魔術大會。

賦恩拿著牧典剛剛指名需要的重乳拿鐵，和放滿各式尺寸鉗子的小工具箱，正要走進繁亂的休息室，在門口剛好和一位來自德國的心靈魔術大師照面，賦恩瞬間就認出了他的面孔，恭敬的空出一隻手和他握手致意，表情和情緒都難掩欣喜的激動。

賦恩早就期望能來參加這種魔術界的高水準盛會，之前礙於家裡的經濟狀況和窮學生的身分，一直只能靠著魔術社團的顧問老師帶回來影片乾過癮，如今他卻能實質的參予其中，而且終於有能力支付參加由國際大師們教授指導的研習會費用，雖然準備的工作依然忙亂辛苦，但賦恩卻感覺胸前懸掛的工作證像是他正筆直朝夢想前進的驕傲勳章，隨時都能充飽他全副精神的電含量。

他走進放滿了練習道具和耀眼舞臺裝的休息室，裡面只剩下牧典一個人，他屈著身體在表演用的黑桌前專注的調整等下上臺要用的道具。賦恩走近他，將咖啡放到桌上。

「謝謝。」他頭也沒抬的說，把放在黑桌上四面都是玻璃的盒子蓋上，轉過身拿起咖啡，把腳隨性的勾起，輕嚐了一口。

「如果沒事的話我就先離開了。」

「等一下。」牧典把整個身體放鬆的靠在椅背上，十指交扣放在胸前，「可以幫我重新纏一下手臂上的繃帶嗎？我自己沒辦法纏得很好。」

「喔，好。」賦恩往他身邊坐下，一本正經的準備解開他襯衫胸前的扣子，沒有發現牧典藏匿著意圖的緩緩靠近，在他的臉頰上覆上一吻。

「你在做什麼啦？」他嚇了一跳迅速彈開，用掌心覆著臉頰上輕烙下的濕熱。

「就突然想這麼做啊！」牧典側著臉把下巴依在指間，愉快的觀察他直率的反應，笑得孩子般清爽。

「你對誰都這樣嗎？拜託你要注意一下地點，要是有什麼奇怪的傳言傳出去……」

「笨蛋。」他爽朗的笑開，「你以為我對誰都這樣？」

賦恩感覺臉上的紅潮漸漸佔領耳根，深吸了一口氣，問出他已經盤據在腦中許久的疑問：「這應該是對情人才會做的事吧？」

「那你想當嗎？」牧典把食指輕放在唇邊，眼睛輕瞇成一條線。

賦恩瞬間睜圓了眼睛，這是他完全沒有辦法預設會丟回來的回答，他愣了一會兒，像看到牧典在他面前演出了一段他完全無法破解端倪的魔術一般的衝擊感，下一秒耳朵上鉤掛的無線電耳機響起另一個魔術助理，要求他儘快回到現場的催促聲，他才回過神來肯定的應聲，想迅速逃脫似的站起身來。

「我要先回現場了。」

他的眼神慌忙的閃避牧典的目光，轉過身快速的往門口走去。

「嘖。」牧典很無趣似的頹下肩膀，靠回椅背，輕搓著右手大拇指和食指間殘留著剛剛製作道具時沾上的白膠，小聲的嘟喃：「幹嘛又逃掉呢？如果你說好的話，我說不定會答應啊！」

賦恩小快步的穿過充滿著各式國家語言對話的後臺長廊，一直無法安撫胸前胡亂敲擊的心跳，如果是平常他應該會馬上肯定這是個惡劣的玩笑，但此刻他卻覺得所有的思考都如同被這句話擒制住一般無法動彈，對剛剛自己竟然有一刻用全副的認真看待這件事，覺得非常不可思議。

正要推開表演廳的大門時，發覺手上有著多餘的重量，才驚覺牧典需要的工具箱又被自己原原本本的提了回來。

「到底在幹嘛啊我……為什麼老是要被他擾亂到這種程度？」

他咬緊嘴唇重嘆了一口氣，加快腳步一鼓作氣跑了回去，休息室的門縫微微的敞開一條縫隙，他站定門前，調穩呼吸準備敲門時，裡面突然傳出亞倫帶著憂慮的聲音。

「你看到了嗎？在網路上到處宣揚也就算了，今天竟然在媒體上公然宣告這種消息，平常就很愛毀謗你、揭密你的魔術炒新聞，現在竟然還說他跟弟子們已經包下你下一場在上海的巡演第一排座位的票，要跟你下戰帖，說可以完美的揭開你每一個魔術的程序跟手法，看完之後隔天就可以馬上公佈在網路上。

很多魔術師和魔術論壇都已經嚴厲的發出譴責，他也不為所動，真的是一點魔術師的基本道德都沒有。」說完他煩悶的嘆了一口氣。

——泰德。

賦恩一聽到這個內容就反射性的和這個名字聯想在一起。自從前年牧典拒絕協助他在某個魔術比賽上，包庇內定他旗下的弟子奪冠之後，這兩年多來他就不停的在魔術圈和網路上對牧典暗爭內鬥，用盡許多卑劣的方式暗中毀謗攻擊他，想用持續的旁敲側擊讓他的形象造成無法修復的損傷。

牧典都心知肚明，但卻總是一貫的保持不出面回擊的風度毫不在意，以至於他越來越囂張的不停試探牧典容忍的底線。賦恩不想打擾他們的對話，只是繼續躲在門後安靜的聽著。

「我要和主辦單位溝通，當天不要讓他們進場擾亂秩序。」

「他們有買票吧？那就有權利進來看表演。」牧典出聲回應，語氣仍然充滿與平常無異的沉穩。

「你別固執，你的手傷還沒好，能參加這場魔術大會都很勉強了，又花了兩個星期休養，排演的時間壓縮的很緊，我不想還有這些亂七八糟的事情擾亂你。」

「我已經決定了，就這樣吧，他們對我而言就是普通的觀眾。」

牧典果決的說完站起身，往門邊走去推開半掩的門扉走出去，賦恩馬上往後站開，假裝正經八百的站直身體，但還是遮掩不住態度的慌亂。

「那個……工具箱。」他把工具箱抬高的遮住臉，掩飾眼神的飄移。

「謝啦！」牧典伸手接過，接著把身體壓近他，用食指腹輕抵他的唇。

「剛剛聽到的話，別讓任何人知道喔！」

「好。」賦恩只能心虛的低聲回答。

「我的乖孩子。」他說，沒有在唇邊滯留多餘的情緒，抵在賦恩唇上的指尖隨著唇瓣的輪廓輕撫，再順著他下巴的弧度滑開，轉身往長廊走去。

順利的結束ＲＩＣ大會之後，團隊馬不停蹄的移動到上海，籌備下一場巡演。為了意外空缺掉的兩個星期，讓牧典面對龐大的構思作業跟實境排演時，感受到前所未臨的壓力，精雕細琢的完美主義和決不鬆綁任何細節的自我要求，讓他隨時擔憂自己是否準備的不夠充分，信心被自我尖銳的質疑削磨的越來越單薄，使他在工作時更無法放寬心情，戒備著全副心神，像帶刺的薊一樣鋒利嚴肅，工作現場總是瀰漫一股緊繃的高壓氛圍。

在巡演的倒數第二天早晨，壓力升高到最高密度，他難得的在現場當眾訓斥一個弄錯道具出場程序、團隊中年紀最小的魔術助理，厲聲的責備他之後，牧典繃著臉轉身離去。才二十二歲青稚年紀的他，垂低著頭，十指捏緊擺在背後的雙手，在原地僵直的站了好幾分鐘。

直到賦恩走近他身邊，安慰的用掌心輕搓他的頭，他才抓起T恤擦拭掉發熱的眼眶周圍滲出的淚水。這個突來的狀況，讓本來就已經被壓力調控得一直處於低頻的現場氣氛頓時更加降溫。

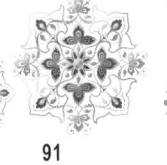

所有的預製作業結束時，時間已經被忙碌追趕到半夜時分，賦恩回到飯店，身上帶著鬆懈後的疲憊，把外套掛回衣櫥之後，鞋也沒脫的坐在床緣，拿起分配在每個人床頭櫃上的團隊裡每個成員的房間號碼表，看著總是排在第一列牧典的房號，斟酌煩惱了好一段時間，閉起眼睛深吸一口氣，才終於下定決心拿起電話撥了出去。

電話另一端規律的鈴聲持續的空響，他似乎還沒回到房裡。賦恩再度站起身，走近衣櫥邊重新把外套穿上，開門走向已經連一點細微的人聲活動都沒有的寂靜走廊。

他不知道自己此刻為什麼執意的想要在私底下陪伴他一下，雖然並沒有多堅決的自信支撐確認，他是不是真的需要自己這麼做，但這個想法不停的在他心上敲擊明確的迴響，似乎只有安然的歸順這個意願才能平息。

他走入冷清的黑夜，依著直覺的指引，回到距離飯店只有十分鐘路程的表演會場。提供作業人員才能進出的鐵門沒有上鎖，他走進去按開一盞微弱的燈光，照亮通往表演廳的路。

打開大門，舞臺仍然燈火通明，推開門的聲音在空盪的會場清冷的環繞，沒有情緒隨著表演沸騰高漲的觀眾、煽動氣氛凝聚的音效和燈光，而舞臺中央，也沒有站著用盡一切燃燒成一束最耀眼光源的表演者，這個空間就安靜的像一座被放逐的空城。

牧典坐在舞臺中央的旋轉梯上，閉著雙眼，十指相互枕靠的安放在腿上，一身冷冽的黑衣像從暗夜裡剪下的缺角，褪盡一切白晝染上的鮮豔色彩，只沉澱在得以和自身最親近對話的純粹寂靜裡。

賦恩不打算打擾他，只是緩步的走到觀眾席的第一排坐下，靜默的陪著他好一段時間。牧典張開了眼睛，一看到就坐在前排的賦恩，表情沒有一點遲疑和訝異，彷若他們已經用最深的默契無聲的約定在此時赴約一樣理所當然。

牧典站起身走下舞臺，走近坐在走道邊的賦恩身邊。

「這麼晚還待在這裡做什麼?快點回去休息。」濃黑的髮絲落下的陰影藏匿住他真實的表情，聲音似乎布滿了厚厚一層疲憊的灰燼，說完他不願多停留似的繼續跨上階梯。

「老師!」賦恩完全出自反射性的站起身來，緊緊的握住他的手。

他們互相安靜的凝視了彼此幾秒，賦恩卻說不出什麼話。很想為牧典做點什麼，但自己沒辦法說他能感受他棲息在峰頂的冷傲和孤寂，不能體會他在這樣的高度，必須承受變化無常的風向考驗。賦恩很想說，說自己看透牧典的不安，想要擁抱他所有的軟弱，但卻不知道是否有被賦予這個資格。

賦恩感到胸前淤塞了一股苦悶的無力，很想緊緊的抱住他，替他負載一些顫抖和冰涼，但他拼湊不出這麼做的勇氣，只能一直緊捏住他有些冰涼的掌心。

「你力氣很大耶。」牧典輕輕的回握他的手。

「啊，真抱歉，我……」

賦恩感覺到自己力道之大似乎捏痛了他，像突然清醒一樣慌忙道歉，在準備把手抽開的一瞬間卻又被牧典抓住手腕，他順著力道把賦恩拉向自己，左手輕撫他的後腦杓讓他稍微屈下身來，讓彼此的臉頰親暱的依在一起。

「別替我擔心。」

牧典平靜的說，聲音絲線般易斷，閉起眼睛深吸了一口氣，用臉頰輕撫他的臉側，感覺他溫煦的體溫，足以融盡所有凝覆在心上的結霜，誘發一陣想要就這樣釋盡所有不安、崩解所有武裝的軟弱襲來。

——不行，現在還不到時候。

牧典聽從理智的發令，皺緊眉心放開他。一離開他足以容納自己一切不堪的懷抱，就可以感覺心臟被疲累鑿穿的空缺，對他的溫柔極度渴求的掙扎痛楚。他把眼神避開他誠摯的凝視，狠心說服自己抬起鉛般沉重的腳步離開。

賦恩看著他逐漸走遠的背影，知道他不會隨意透露什麼，也不會隨便把自己揭開，更不會順從的臣服任何挑戰。

為了不被惡意的連根拔起，他在背後付出所有的努力發展穩固的莖脈，奮力的向下抓牢根基。

他居住在最陰暗的土壤裡，不停的描繪著一張不透光的底圖，讓他能謹慎的收好自己撰寫的秘密，當起保護這些秘密最孤獨的守夜人，絕對不會拿出一點線索來討好質疑，也從不試圖和解。

「牧典。」賦恩在心裡喚出他的名字，似乎是可以讓內心為他而生長分枝的枝椏，瞬間盛放所有溫柔的咒文。

——或許我已經不再執著是否能成為你了，現在我只想陪在你身邊，為你燃起火把，和你一起守夜。

巡演當天的早晨，賦恩剛著裝完助理在臺上整齊劃一的黑襯衫，走出更衣室，就撞見神色緊繃的亞倫朝自己迎面而來，還突然抓緊他的手臂，把他拖到牆角，小聲的問。

「你有看到牧典嗎？」

他只能完全搞不清楚狀況的僵硬搖搖頭，「沒有啊，我一到現場就沒看到他了。」

「我已經找了他一個早上，手機也沒開，也都沒有人看到他，他從來不曾這樣啊，到底是發生什麼事了？」他雙手叉腰，臉上寫滿為難，突然想到什麼似的從背包裡掏出無線耳機放進賦恩手裡。

「總之，這個帶著，隨時保持聯絡，找到他立刻跟我說。」

賦恩已經搞不清楚自己到底在會場的上上下下繞了幾圈，感覺襯衫被汗水徹底溼透，逢人就打聽，找遍了所有牧典可能會出現的地方，經過了一個鐘頭還是一無所獲。

他喘著氣，坐在二樓的逃生口樓梯間，拿起放在胸前口袋裡的手機，不知道第幾次撥了電話，話筒仍然傳來語音信箱制式的女聲，再留一次言就是第五次了，他洩氣的按下切話鍵。

他閉起眼睛，把十指深入汗溼髮絲中，完全無法控制胸中溢滿的焦慮，真的很擔心他——逼得他不得不暫時疏遠他用生命建構的舞臺，一定是發生了什麼全然沒辦法丈量後果的事情——被擔心加總的壞預感不停的在心裡敲響警鐘，賦恩無意識的用力啃噬大拇指。

突然從樓梯間的透氣窗灌入一陣微涼的風，掀起周遭一股淡幽而熟悉的香氣。賦恩馬上直覺的想起，那是他慣用的香水味。

他站起身，凝神的專注在周圍輕抹在空氣裡的淡香，他跨步上四樓的樓梯間，殘餘的香韻漸濃，像是他無意間留下的線索，他一回頭，看見在右手邊的空調機房，他充滿不確定的握緊把手，慢慢的轉開門走進去。

整個空間只持續規律運轉著機具的吵雜聲響和充滿運行熱度的沉悶空氣，但還是聞得出四散停留在四周的淡薄香味。他將眼神仔細的掃過機房一遍，終於在機具和樑柱造成的陰影斜角中間，尋到牧典抱著膝蓋、曲坐在角落的身影。

「老師！」賦恩立刻衝到他身邊，屈膝蹲在他面前，安撫的輕摸他的手臂，心跳因為終於找到他而興奮的大聲鼓譟，「你為什麼要躲在這裡？到底發生什麼事了？」

牧典緩慢的抬起頭，「不知道為什麼，從早上開始，手就一直抖個不停……怎麼樣都沒辦法停下來。」他抬起雙手，每個指尖都在傳達著細微的顫抖。

「小恩，你找到老師了嗎？」突然無線電耳機傳來舞臺總監焦慮的詢問，他咬緊嘴唇，看著身旁的牧典不安的的憔悴面容。

「小恩，你有聽到嗎？」

「沒有，我還是沒找到他。」

他肯定的說，隨口編了個自己正在飯店附近的店家尋找的謊言之後，匆匆結束通話。他把耳機關掉，從耳朵旁拉下來塞進口袋，起身將厚重的機房鐵門反鎖。之後單膝觸地的跪在他面前，輕抓住他的手臂。

「老師，不，牧典，你就哭吧，大吼大叫甚至打我也行，只要能讓你好過你就做吧，這裡除了我之外沒有任何人，而我會用我的性命發誓我決不會說出去。」

賦恩的口氣充滿堅毅的誠摯，將牧典冰冷的手掌握緊，放在滾燙著熱度的胸前，讓他感受自己的心跳為他柔軟而悸動的不停起落。

牧典感覺到安穩的包圍他掌心的溫暖，正在鼓舞著真實的情緒滂沱落下，淹沒最後倖存的理智，他皺起整張臉，將身體離開最後堅強的支杵，把所有的重心都傾倒在賦恩懷中，讓只能維持完好表面的堅持都破裂在他胸前，開始軟弱的低聲抽泣。

所有被壓力纏緊的窒息，都凝成眼淚不停的碎裂在賦恩肩頭，牧典將雙臂緊擁著他，像沒有期限的將自己放逐流浪之後，終於碰觸到能引領自己歸返的光。就是因為牧典太清楚，他總能讀懂自己所有向光面背後的暗鈍和孤寂，所以才不敢在這一切結束之前靠近他。

他太令人安心，輕易的讓自己養成想要仰賴他的溫柔，替自己所有的傷痕解鎖的慣性，就像現在只是讓他擁抱著自身所有負載的軟弱，就足以減輕質疑如同纏繞的荊棘，穿刺進內心的瘀痕。

賦恩用掌心將牧典充滿淚痕的雙頰抬起，眼神相互疊合的輕觸，呼吸循環著彼此無聲的渴慕。賦恩第一次能感覺到自己的想望跟舉動，能夠如此毫無縫隙的嚙合，想法終於能完全臣服於真實破繭的情感。他聽從自己純粹的欲望吻上他，覺得只有這麼做，才能完整詮釋無法用言語湊整的感情。

剛開始只是輕啄的碰觸，彼此深刻的感覺那燒烙在心上的疼痛，讓他們無法抑制的吻得更加深入。

賦恩吻去讓他臉頰滾燙的熱淚，接著落在額頭、輕顫的眼瞼和鼻樑，感受到他回應的顫抖，心跳和熱度都如此坦承而毫無遮掩，賦恩感覺他似乎終於讓自己碰觸到了最

赤裸的內心，將他抱得更緊。

「這樣讓你比較安心了嗎？」賦恩捧著牧典的臉，讓彼此的額間輕靠在一起。

「別說話。」牧典的聲音高漲著需求的熱度，唇被濃烈的吻，浸染成飽滿的紅玫瑰色澤。他輕觸他的唇，讓彼此再一次的陷入無盡深吻的循環之中。

揭開序幕的節奏強烈的音樂收服了所有聽覺，清楚的預告這一場即將踏入未知體驗的奇幻旅程，在這一刻盛大揭幕。

絢麗的燈光聚焦舞臺正中央，一個只掛著卡其色及胸短版外套的空衣架，下一秒周圍拉起四方型的白幕把衣架包圍，用照射燈打亮剪影，就在短短的幾秒間，原本空無一物的外套裡，剎那間伸出兩個手臂和上半身，手快速劃過頸項，頭部也瞬然映現，還來不及眨眼間下半身也落定中央，瞬間白幕拉下，已經將卡其色外套整齊穿在身上的牧典已經站穩在舞臺上。

一出場就引爆了如同幻覺一般驚喜的視覺效果，掌聲和歡呼持續的響應，像是在回饋給他最高等級加冕的榮耀。

他走下底部摟空的黑色四方型小舞臺，臉上的神采鎮定而自信，輕易的讓人忽略他哭腫的雙眼和犧牲了好幾晚睡眠的黑眼圈，他走到舞臺前端深深的九十度鞠躬，像是

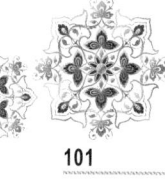

在無聲的為自己認定的準備不周和不能攤牌的情緒混亂致歉。

而他從來不會讓低潮的水花濺溼他一身的狼狽，一抬起頭，他馬上就準備成就這一刻完美詮釋的演出。

他完全沒有被暗處的惡意擊退，用清晰準確的口條和長久磨練的幽默機智，及表現分毫不差的演技和身段，精準的引導跟掌控全場的氣氛和目光，讓觀眾在每個他預設好的時間點開懷大笑或連聲驚嘆。

坐在前一排號稱來踢館的魔術師團隊，從開場就綳緊了臉，刻意沒有任何反應，牧典也毫不在意，甚至在中間一場和觀眾互動的催眠小品魔術結束的過場時間，大方的在舞臺上跟觀眾介紹，第一排坐著優秀的魔術師帶領的魔術團隊，語氣謙和的感激他們的指教跟捧場，請觀眾們給他們熱情的掌聲替自己致意。沒想到牧典還會繼續用這種風度十足的方式回應的泰德，只能把手不知所措的抱在胸前，滿臉尷尬的勉強抽著嘴角硬著頭皮應對。

牧典很刻意的指向大廳左側的電子時鐘，「要一直這麼『用力』的看著我的時間還有五十分鐘，與其這樣還不如放鬆心情，愉快盡興的看完接下來的表演吧！」

說完他再度站回自己原本的位置，似乎在宣示這一刻、這一個舞臺就是專屬於他，無人能質疑或搖撼。下一個表演在行進的間奏裡展開，他簡單的指示觀眾一些充滿引導的開場，賦恩和另一位助理便趁此時推著三切美女的道具臺置放舞臺中央，隨即挺直背脊將雙臂放在背後站定兩旁。坐滿臺下的觀眾隨著牧典的話語，凝聚著所有專注，被他逗弄的頻頻發笑，在恰當的時機落下掌握所有氛圍的背景音樂。

賦恩的身體和意識，像在時間內被設定好的開關，在此時開啟，一切幻術的流程便隨著編制好的情節展開，什麼時候他會走到哪裡，要在什麼時間點，提供他已經制規好的協助。把看似鋒銳的銀色方形刀片遞給他的時候，他凝視了賦恩一眼，就頓刻幾秒鐘，賦恩感覺身邊一切的都瞬然間安靜了下來，像置身在最深的黑夜當中。

賦恩的心裡瞬間停駐了一刻最真實的確信，之前所有的疑惑都在此時得以紓困，沉眠在否定裡的種子終於因為這一束光線，而破開了心上乾裂的土壤，他捏緊放在背後的雙手，看著牧典光燦的背影，答案就像在耳邊不停縈繞的未知語言。

——我愛這個人。

這句話在耳邊敲下第一個音節，賦恩深吸了一口氣，激動包圍了眼眶一陣灼燙，感覺自己的體內能強烈接收牧典的一切，如一場秋日的風暴，瞬間捲走了他所有無知的往昔。他終於明白，為什麼會那麼的想要支配他所有軟弱的成因，渴望擁抱他孤傲靈魂邊緣的陰影，聆聽他的每一刻沉默，讓自己能給予的一切溫柔都在他身上綻放和紛落。坦承這個答案，就足以敲落所有抑鬱的鎖。

賦恩感覺微微的顫抖，彷彿無盡的長夜已經過去，愛情在他明日的地平線上燃起新的黎明。

六・光的火焰

大家為今年度最後一場巡演，畫下完美休止符之後，牧典下了臺，連表演服都還沒來得及換，就立刻直奔許多魔術師好友們已經替他在飯店餐廳盛大設席的慶功宴會場。

他笑得開懷，在舞臺上講了簡短而誠摯的感謝工作同仁一整年辛勞的感謝詞，講到一半真性情的他眼眶微微的泛紅，大家為了援助他不擅表達的樸拙，在底下不停的拍手鼓譟，他只是不好意思的別過臉用袖口抹去眼淚，反虧說少臭美他只是因為昨天沒睡好眼睛很澀而已。

說完他馬上熱鬧的開了香檳，把象徵勝利的金黃色氣泡液體灑向每個人，大家一邊閃躲尖叫，笑鬧的慌忙避開。很多到場替他打氣和觀摩的魔術師都聚在牧典身邊，難得撇出魔術以外的話題，輕鬆自在的愉快閒聊，其中有個前輩級的魔術師一直不停的想灌他喝幾杯盡興，他都很有技巧的趁他已經喝的微醺，注意力渙散的空檔把酒杯調換成他暗藏桌下的茶水。

把一切都看在眼裡的亞倫，敏銳的察覺他的臉色已經接近耗光了所有體力疲憊，在適當的時間點出面安撫已經喝的七八分醉、情緒高漲的魔術師們，圓滑的將他帶開，吩咐本來就習慣在這種場合也滴酒不沾的賦恩送他回飯店，他才能在這場持續到接近午夜的喧鬧宴席裡安然脫身。

在從宴會廳離開到搭乘電梯的這段時間，牧典都故意假藉醉意把手臂圈上他的肩，另一隻手托著自己的腰，讓賦恩攙扶著走到房裡。賦恩讓他坐在床緣，隨即蹲下幫他脫下腳上的鞋，擺齊在邊櫃旁邊。

一抬頭，就發現牧典用只在兩個人獨處的空間裡才會出現的表情凝視著自己，賦恩不知道如何形容這個細微的差異，只感覺此時他這個表情應該就是最接近他本質的模樣。

「我真沒用啊。」牧典輕嘆了一口氣，攤開自己的雙手，「直到下了臺，到慶功宴會場的路上，我的手都還是抖個不停，雖然嘴上說得毫不在意，但一整場下來被他們那麼多雙眼睛像被鎖定的獵物一樣盯著，我還是戰戰兢兢一直留意自己是不是有露出什麼破綻，根本完全無法放鬆。」

賦恩的胸口充滿被點燃似的滾燙，他立刻緊緊的擁住他。他知道牧典正在剝離所有的防備，赤裸的在自己面前坦誠。這股喜悅，對他的深刻情感瞬間加溫到臨界滿溢的沸點，原本一直抱持著只是想安撫他的單純情感被強烈的戀慕徹底改寫，他才發現自己從一開始就不是執迷於他瞬燃的光，而是他純粹性格的真實原色。賦恩扭緊眉心，心臟微微拉扯著苦悶的疼痛，把吐露著灼熱氣息的唇瓣貼近牧典的耳旁。

「我能為你做什麼？別讓我看見你不安卻束手無策，告訴我，我什麼都願意為你做。」他低聲的說，聲音懇切而熱烈，似乎只要牧典一句話就能讓他宣誓忠誠的效忠。

「你已經做得夠多了。」牧典輕閉上眼，回擁住他。

他將臉輕枕在賦恩的肩，鼻尖輕抵上他肩窩凹陷的弧度，深深的吸了一口氣，品味他能填平所有情緒缺角的肌膚香氣，再憐愛的在他穩厚的肩緣覆上一個輕柔的吻。賦恩感覺身體內部維持平穩的結構瞬間被拆解，理智跟常規已經被他的每一個動作深埋到情慾的最底層。

他感覺到胸前的呼吸微微加快了起伏，真實的想望被渴慕一瓣一瓣的剝落，毫無保留的顯露出來。牧典抬起頭來用迷離的眼神觸碰他的目光，賦恩輕扶著他的頸項，索求的呼吸在深刻的凝視裡逐漸升溫。

牧典先輕觸他的唇傳遞無聲的允諾，賦恩便毫無所懼的坦承自己被情感掏空的飢餓，環扣住他腰身和雙手，將他壓制在床上，狂躁的吻他。戀焰煉成的尖刃似乎穿刺進胸口，那股燒煉的疼痛，讓賦恩只想劫掠他的一切，然後擁抱著這一切一起徹底的被燃盡。

牧典感覺這個吻彷若愛人溫柔的掌紋，露骨的愛撫他所有的盼望，他清楚的明白這個吻不像之前只含蓄著溫暖和安撫，而是忠於信仰般的執狂，順從的跟隨情慾的旨意，強烈的釋放了支配的熱度和放肆的需索，他鮮明的回應他，想用純粹慾望的疊合來坦承所有的訴說。

賦恩停了下來，用足以焚毀一切熱度的眼神凝視他，輕捧著牧典臉頰兩側的掌心狂喜而怯懦的輕微顫抖，情感清晰的意識寫滿了他的身體傳達最真實的反應，感覺就像成為一個初生的嬰孩，想要明白愛的全貌，想要清楚的傳遞，所以努力的咀嚼語言的豐沛涵義，急切的想要完整描述這一刻全然陌生的美好感受。

「牧典……」他喊出他的名字，像在輕頌一個有著未知展開的咒文，而他已經準備好要被這句咒語緊緊捆綁。

「你知道朋友不會做這種事吧？」賦恩沙啞的低語。

「那接下來的事……」牧典用左手臂環著他的背，將彼此的臉頰輕依在一起，「就用情人的身分來做嗎？」

賦恩用安靜的深吻回應，指尖從牧典的頸項撫觸到鎖骨凹陷的深溝，感覺他柔軟而樸質的肌膚質地，他俯下身來用唇輕吮他的胸前，簡斂的香水氛香和他獨特的肌膚香氣成為最合諧的味覺基調。

賦恩在自己的唇停留過的肌膚上留下棗紅色的痕跡，他用單臂緊扣住牧典的腰，另一隻手撫摸過他平坦的胸前，明明是和自己一樣勻稱結實的男人身體，他卻可以在每一個細緻的觸碰接收到發燙顫抖的回應，讓賦恩感覺到足以讓身體最細微的感官都凝聚在指尖與唇上的甜美愉悅，更加深他想要支配牧典一切反應的焦渴。

親吻向下延伸到牧典隨著灼熱的呼吸而加快起伏頻率的腹部，把吻埋放在緊繃的肌肉摺紋裡，牧典感受到如同被羽毛撩撥一樣敏銳的刺激，讓他忍不住輕哼出聲。賦恩急躁的解開他的褲頭，皮帶的金屬清脆碰撞的聲音讓牧典屏息，充滿情慾熱度的掌心包覆他硬挺的慾望。

賦恩一邊親吻他凝結起汗珠的胸前，邊用掌心緩緩的套弄，牧典屈起單臂遮住自己臊紅的臉頰，喉結不停上下起伏著哼出難耐的低吟，胸前搧動的喘息頻率短的只有不到半秒的間距。牧典感覺眼睛周圍好似燃起火苗的引信，往眼窩邊緣蔓燒，他隨著賦恩的撫弄跟挑逗的刺探，焦躁的扭動身體，另一隻手臂承受不住似的攀緊他的背。

「讓我看。」

賦恩強勢的將他的手臂向上壓制，將自己的整個身體重心都疊合在他身上，看著牧典完全無法抵抗被慾望深層侵略的表情，更讓他感覺下身聚集了一陣灼燙，他俯下半身將牧典炙熱的硬挺含進口中。

賦典很難想像自己竟然可以做到這個程度，完全摒棄常規的思考，只為了能徹底的取悅他，在這一瞬間他才更確知了自己打從心裡對他迷戀的深度，只要他想要的，自己就願意不顧一切忘情的給予。

他將他的深入包覆在口中，用溫潤的口腔和舌尖緩緩的舔弄，動作雖然生硬又笨拙，但快感從被愛撫的中心如電流導竄，仍然讓牧典繃緊了全身，將十指深陷進他的短髮裡，扭緊了眉心閉起雙眼，將頭大幅度的向上仰，隨著他撫弄喉間不停發出沉厚的低吟，雙腳的十指扭皺床單。

「等一下……恩，我快要……」牧典撐起身體想要推開他，聲音漲滿高潮前的急迫和顫抖，但賦恩仍然不鬆懈的緊緊加重吸吮的力道。

「嗯……啊……」

牧典承受不住的向後弓緊身體，全身激烈的抽搐顫抖。賦恩在他到達頂點之前放開他，白濁的液體噴濺沾附在他的棉T和牛仔褲的單寧布面上，他索性脫掉上衣，解開褲頭，將姣好精實的身材和曬得健康勻稱的肌膚毫無遮攔的裸露，之後到床上緊抱住牧典。充滿同樣熱度的汗濕肌膚，全無縫隙的貼合，牧典還輕閉著雙眼，調整高潮後失去平穩的呼吸，賦恩安撫的用指尖撥開他垂落在額前的髮，輕吻他微微溼潤的髮梢和耳後。

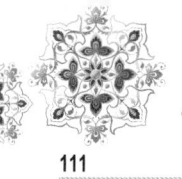

他們純粹的凝視，縱情而姿意的深吻，用吻和撫觸揭露對方最赤裸的部份，像野獸一樣挑釁彼此的快感，互相索取賦予直到精疲力盡。

他們在被疲憊完全稀釋意識之後，相互擁抱著恍惚睡去。直到窗外隱約的透露進微光的清晨，賦恩被設定的過於低溫的房間空調冷醒，他勉強張開厚重的眼皮，感覺裸露在冷空氣的皮膚一片冰涼，忍不住打了個小噴嚏，他起身穿起牧典披在床頭的浴袍，將空調調回合適的溫度，再走回床邊，順手撿起地上丟的四處散落的衣服，隨意披掛回椅背上。

他輕輕的坐回床緣，看著還深陷在安穩沉眠的牧典，他稍微背對著賦恩側著身，胸前的呼吸平穩而規律，睫毛陷入深層夢境似的輕顫，白淨的肌膚覆蓋著一層柔弱的光影。賦恩伸手輕柔的觸碰他在昨晚的失序裡留下的紅色印記，掌心順著他平滑的背脊撫摸，感覺他深淺不一的骨節觸感。

昨晚發生的一切，賦恩到現在都還是無法整理出條理，對於那份因為戀慕而猛烈燃燒的熱度依然混亂又陌生，像必須在一片無形的灰燼裡尋找出少數能完整辨識的線索。但他唯一能確定的是，現在觸摸著他時，心裡瞬間滿溢的那股幾乎令人窒息的幸福，讓他相信確實有什麼感受被自己放回正確的位置。

他慢慢的側躺回牧典身邊，從身後將他緊緊環抱，輕吻他圓潤的肩線，鼻尖輕觸散落頸間的髮梢讓人安心的氛香，他知道應該把床上的一團混亂清理乾淨，兩個男人不應該裸身像這樣擁抱在一起——已經可以想像如果明天有人來敲門，他們一定會瞬間陷入一團慌亂的可笑景象，但此刻他就是無法說服自己起身離開這麼溫暖又美好的時間。

他什麼都不想在乎，不管愛情還要在他心裡放進多少貪婪，生長多少程度的迷惘，這場無法命名的遠行，要帶他走到什麼地方，他只想選擇，相信此刻。

七．光的脈紋

牧典感覺自己作了一連串漫長無解的夢。

反反覆覆的短暫清醒，好像沒有真的醒過來，也沒有真正疊入夢境，直到他隱約的感覺到有一雙手臂從身後安穩的圈住他，像是將他從睡眠中托牢，背部有一副暖熱的身形順著他的背緣貼妥，沒有縫隙似乎能保護他不繼續在恍惚中墜落。他還是沒有明確的睜開眼睛，只移動了手臂用掌心握起圈住他腰圍的手，那微熱的手掌也緊緊回握，像回應也像安撫，掌心的溫暖相互傳遞又回流。

——好安心。

牧典深吸了一口氣，試著緩慢的呼吸，雖然心裡因為長期的獨處，孤寂四處雜亂延伸總是不平靜，但這一刻他可以感覺，那些只要被忙亂的日子輕吹一口氣，就可以臨空懸浮的各種不確定找到落點似的平息下來。

他調整了一個舒適的角度將整個身體窩陷在賦恩懷中，賦恩一整晚也沒有一刻進入沉眠，在牧典輕握住他手心的瞬間就又醒過來，他將懷中的人緊擁，將唇覆上他的耳殼邊緣：「你整晚都沒睡好，再睡一下吧！」

牧典點點頭，將他的手握緊抱在胸前，兩個人其實都維持著清醒的知覺，但沒有人想起身破壞此刻毫無裂損的相依。關係已經改變了，無法再歸置回原位，下了這張床邁步離開這個情境之後，新的關係也就被彼此攜帶著開始延續展開。

以後就是兩個人了。

究竟會怎麼樣呢？其實彼此的心裡也都暫時只停留著無解的空白，還沒有証得太多完善的解答就已經靠得那麼近，一部份的自己瓦解了，另一部份則開始重建，眼前的景色似乎更加廣闊卻也頓失了方向感，而從今天開始就要把對方放進這片陌生的風景裡一起走。

他們依附著彼此只是沉默，好像在用另一種方式重新認識對方的呼吸和溫度，期間彼此的手機也在包包裡沉悶的響了幾通簡訊，也沒有一個人想起床搭理，都不想當那個主動將這個美好時刻領到尾聲的人。

「我餓得胃有點痛了……」不知道過了多久，牧典才縮捲起身體，沙啞的說出這句話。

「我也是。」

他們這時才一起笑出聲來。

賦恩讓牧典先去浴室打理梳洗，自己則幫他從衣櫥裡，把飯店替他乾洗送回的衣物拿出來。之後幫牧典著裝；牧典在扣緊襯衫鈕扣時，賦恩便幫他別好袖扣、整理衣領，一切如此自然，像他們彼此已經用默契約定好從此刻開始他們就是要如此親密。

整理好衣裝之後牧典走向浴室站在鏡臺前，賦恩從他手中接過順髮的慕絲，噴一坨綿密的泡沫在手上，替他抓順睡的塌扁的頭髮，還嬉鬧的把他兩側的髮絲抓成兩搓牛角。

「你白癡喔。」牧典笑著罵他一點都沒有責怪的意思，身分上差距的顧慮在此刻似乎已經全然消失。

賦恩從他身後環住牧典，輕握他也一樣被造型液黏膩的雙手，在水龍頭下沖洗，在他耳邊有些謹慎的低問：「我晚上還可以來見你嗎？」

牧典聽到他語氣裡不確定的膽怯只是輕笑了一聲，「誰說我們下午要分開？」他回身握住他濕潤的手：「等下出去我找個理由支開亞倫他們，你到飯店側門等我。」

他們像等待惡作劇的小朋友一樣，賦恩拉上帽T的帽子遮掩住半張臉，一起小跑步的從側門開溜。下午天氣擺脫了一上午的濕涼稍微放晴，他們走在路上隨意覓食，吃了點熱食讓身體回暖，才感覺全身的知覺都甦展開來。回到飯店已經是傍晚，兩個人還是有默契的希望能夠多挪開一些被瑣事煩擾的時間盡情的獨處，一進電梯牧典便按了飯店的最頂層。

一走出電梯就是飯店附設的觀景臺，一整片弧形的透明窗面，清晰透印出窗外還停留著白晝餘燼薄暮下的異鄉城市，開始點亮視野遼闊的璀亮夜景，還未到入夜，也不是假日旺季，四周只有稀落的幾對情侶，他們找了一個不明顯的無人角落倚靠在窗邊，看著漸進灑落點起各式色彩的遠方燈火，溫和的黃色燈光和節奏悠緩的音樂，彷彿整個空間都被獨立開來。

今天彼此都沒有太多的對話，只是純粹的相處，感覺連話語的質地都跟著轉變了。想潛入到一個無人知曉更深的層面，凝視對方的細節也更入微。沉默似乎是因為意識到有太多的話想說，想急切的忘情的訴說，平常藏匿於心底最私密的熱度都想寄託言語坦露，但又怕從一開始就太過熾烈會無法保有理智讓彼此目盲。

一切都才剛開始啊，無法探知無法預想，只能用隱密的遐想推測的新開始，關係裡開始填裝進戀慕、渴求與焚燒式的慾望，正在紮實的經歷變動，心境卻如此安靜，彷彿這個變動的劇烈過程恰好完整的回應彼此最真實的期盼。

沉靜了好一陣子，牧典從側背包裡拿出一副牌，抽出來用單手靈活的在指間切洗玩轉。賦恩一直都喜歡看他私底下玩牌的樣子，好像正在把自己歸位，用最貼近本質最隨性的方式，像在整頓思考又像在全面放空。

他注意到牧典手上的牌，牌背是從未見過品牌的款式花樣，充滿被反覆的練習而磨損的老舊，用橄欖的葉子跟樹脈圍畫成的黑桃中央印著「CAVRITO」的字樣。

「可以借我看一下嗎？」賦恩問。

「好啊。」牧典將整副牌放入他掌心，將雙手收回口袋，「全世界僅此一副。」

賦恩把牌握在掌心玩轉，平滑的塑料表面，厚度適中的紙質和能讓操控更順暢均勻分佈的坑紋，雖然已經是一副老牌了，牌身的彈力跟觸感仍然相當好，手感的質地十分的紮實，他就像發現了尋求以久的稀有逸品一樣臉上隨即顯露興奮的光采。

「這是我父親親自研發、打版跟設計的，是我十八歲的生日禮物，他把這副牌取名CAVRITO，代表我的出生是老天給他們最珍貴的恩典，他還在裡面放了一張機關牌，要我自己去研究。」他看著賦恩像自己第一次摸到這副牌一樣，立刻被它精準的質地觸動，驚訝它貴重的價值感。

「我父親是魔術道具研發和代理商，我從小就接觸各式各樣的魔術道具，寵物是我父親表演用的斑鳩和鸚鵡，小時候朋友最討厭來我家玩捉迷藏了，我會躲到我家道具箱的機關夾層裡讓他們一個下午都找不到人，搞得我後來都沒什麼朋友。」

他說著嘴邊勾起輕笑的淺淺摺紋。

「他只要研發了新道具就會先來表演給我看。因為他們年紀很大才生了我，所以簡直把我寵上天，要什麼就要爭到什麼，典型獨生子的驕縱、任意妄為，唯獨不管我怎麼要求，我父親都不會把他表演的魔術程序告訴我。」他無意識的扣緊十指，下沉進深度的回憶之中。

「我當時很不能理解，時常因此跟他發脾氣，後來我在他固定會邀請魔術師好友到家裡示範新的魔術程序的那一天，裝病在家躲在樓梯旁偷看，當他晚上來表演給我看的時候，我很得意的當場拆穿了他。」他舔了舔下唇，輕抽了一口氣。

「我到現在都還是很後悔我當時為何要這麼做，不管什麼時候想起來我都可以清晰的記起他那副失望又傷心的表情。」

他感覺眼眶周圍漸漸的凝聚起濕熱，用食指跟大拇指輕捏酸楚的眉間，從來沒跟任何人提起這些，他可以在此刻深刻的確認自己願意坦承尋求理解、需要支撐，他一直都知道他可以在賦恩面前如此，這從未覺醒過的直覺如此強烈又難以言喻。

「其實他在十八歲之前一直很反對我當職業的魔術師，但他知道我的根性就是這麼倔強，在我十八歲的時候他親手做了這副牌，是他對我凝聚一切的支持和力量，好像是準備送我出航前的厚禮。

他在我還沒站上世界舞臺前就過世了，我現在去看他時都會一直跟他說，我已經懂了，我懂他當時不告訴我那些程序和不贊成我走上職業魔術師是為了要我保有什麼，他希望我一直能擁有相信臺上那些不可思議表演是真實的幸福。」

賦恩可以感覺他情緒的震盪，沉默的將手掌心輕覆在他的左臉頰上，力道輕柔又拘束的充滿猶豫，好像在試探牧典是否准許他得到觸碰他內心最易碎部份的資格，牧典毫不考慮的將他的手緊緊回握，放近唇邊貼上一吻。

「不管到哪裡，只要帶著這副牌就會讓我安心，我感覺它給我的力量可以讓我抵達任何我想要到達的地方，在我對哪場表演缺乏完整自信的時候，我一定會帶著它上場，不管用不用得到，好像是我重要的鎮魂信物。」

賦恩握著他的手，慎重而親近的，感覺深刻的憐惜，一股無從憑藉的衝動，完全和尋常的自己隔離，所有的感受在昨晚的衝擊之後就頓失輪廓，無法定義，但還有許多初生的相信正在成形。他拿起他的手背放到唇邊，像在說我願意——我願意把你的一切承擔起來，我願意走入你的暗處，試著去理解，也許我們能一起穩穩的創造一種安定。雖然現在還不是很懂，還不能預測過程的細節，要經歷多少推翻，要消融多少自我，穿透多少艱鉅，這個關係沒有界定的範圍，也許是愛吧，也許是相伴，但我想毫不猜疑的迎接願意向我走來的你，把你完整的承接，全然的接納。

「牧典。」賦恩輕聲的喚他，用大拇指輕撫細數他手背的骨節，「雖然我現在還不太懂，但我承諾我會盡我的全力。但我真的想知道，為什麼？你為什麼選擇我？」

「因為直覺。」牧典溫柔笑開，充滿暖熱。

「我一直都很相信我的直覺，它持續的告訴我，我可以信任你，可以親近你，到最近我才發現……不，應該說我很早就發現了，這種對你親護的感覺早就已經跨越了界線，我發現我甚至可以愛你。」

牧典連著那副牌和他的手一起緊握，在心裡安靜的想，「前方還有許多漫長的時光，一直以來都認為只有魔術可以補足我，現在開始是新的分界，讓這個人參與吧，讓這個人領著我走，成為我安心的索引，我想要試著坦承的去愛，然後帶著我走出，新的方向。」

五個月之後的某一個周末，賦恩在正式表演的前三個小時，提早來到這家隱身在巷弄裡的餐廳。

招牌門面都是銀黑相間的簡約風格，一個不顯眼的四方型招牌，故意營造成充滿暗褐色的鐵鏽，鏤雕著一隻戴著紳士帽的鹿頭，下面用歌德式英文字體的草寫店名「Duke Dappertutto」，門口掛著休息中的吊牌，晚間五點才開始營業。他繞去旁邊通往的廚房的小門，請正在做準備工作的年輕學徒幫他開門，穿過廚房到達今天晚上要表演的舞臺。

周圍只有紅磚牆面的兩盞壁燈打亮微弱的光源，桌椅刻意的繞著墊高一階梯的舞臺圍成一個半弧形，讓所有的觀眾能把注意力都集中在中央的表演者身上，舞臺的地板上繪著中世紀時魔術師的守護熾天使Kemuel，餐廳各處都擺放著從世界各地收集回來的古董魔術道具，一面鑲滿機械式齒輪裝置的牆面上裝飾了許多魔術程序的手繪稿、最具傳奇性的魔術師親筆簽名照片，和絕版的整套撲克牌裱框成的畫。

餐廳的負責人艾爾現在是亞洲魔術師協會的理事之一，從小就開始鍾情魔術，直到當兵時手指受傷，不能彎曲，等於讓魔術生命就此終結，經過一段時間的消沉和調適之後，決定讓出舞臺，終生投身於魔術的推廣和培育工作。在十年前開了這家餐廳，在假日尖峰的晚餐時間邀請專業的魔術師駐場表演，也讓業餘魔術師穿插暖場給他們發表作品和站上舞臺的機會。

牧典在還沒展露頭角之前，也常跟著艾爾的學生們一起參加國際比賽，他是牧典非常敬重的老前輩。賦恩在排出空檔參加艾爾舉辦的魔術研討會時，艾爾非常喜歡賦恩改良Ｐｏｒｔａｌ扇牌的移動和消失出現的程序，當下就邀請賦恩在三個星期後的星期六來餐廳，給他二十分鐘的暖場表演時間。

賦恩雖然從學生時期就常常參加各式的校慶表演和正式的比賽，也都有不錯的迴響跟成績，但他從來沒有過這種機會——二十分鐘的個人商業專場表演——他開心極了立刻就答應接下，但在交涉期間他完全沒有透露自己正在牧典的團隊裡擔任助手，當然也沒有讓牧典知情。

不為什麼，他就是不想讓牧典知道。雖然他們現在親密的幾乎可以讀懂對方的每一個從不展露的細節，賦恩還是覺得自己的這個部份與他無關，他不想牧典供給他任何協助或支援。聽起來像是在維護自己強倔的尊嚴，但另一個層面是他只想抱持著最單純的本意和他走在一起。

他把包包放在其中一張座椅上，他提早三個小時過來，為了最後確認舞臺的動線和實際的走位排演一遍。艾爾一到店裡就發現賦恩早就到了，上前跟他打招呼和給他一點建議跟鼓勵，一看到他提早出現在這裡，他就暗自想賦恩不愧是牧典優秀團隊的一員，要是牧典是今晚的專場也一定會這麼做。

在正式營業的四十分鐘前，艾爾交代廚房多做一份員工餐給賦恩。賦恩為了不打攪餐廳的準備工作，拿著餐盤坐到廚房旁放著幾箱雜物的逃生梯，一邊吃飯一邊用單手拿著牌，練習怎麼調整表演時的出牌角度看起來更自然，這期間放在褲子右方口袋的手機傳達出輕微的震動，看到螢幕顯示著他一直沒有改掉最初輸入的「楊老闆」，立即按下通話鍵放到耳邊。

「在忙嗎？」磁軟的聲音從聽筒傳來，賦恩所在的樓梯間很安靜，靜得讓他可以聽出他最細微的鼻息和清楚的辨別他周圍充斥著錄影現場的瑣碎雜音。

「不會，正在吃飯，倒是你現在不是在錄魔境選秀的最終戰，怎麼還有時間打電話？」

「十分鐘休息時間，突然很想跟你說話。你知道我上次跟你提過的那個我很看好的參賽者，水準一直都很穩定順利晉級四強的那個，他今天表演的道具因為貨運失誤沒有送達現場，他臨時換了一個一看就知道是僅能拿來充數的表演，讓整個流程效果大打折扣，真可惜啊，我跟他說運氣也是實力的一部分。」

牧典刻意緩慢而輕鬆的說，其實這件事根本沒有重要到必須現在說，但他就是想隨便找個話題拉長通話時間，不多過問他現在情況，防止不小心顯露明顯的探聽。

「但你還是認同他的表現啊，要是我，就會覺得這已經是這場比賽裡，我得到最棒的肯定了。」

賦恩說完這句話，他們就陷入失語一般的停頓，彼此都有想說卻不能說的話要技巧性的隱藏起來，無從尋得答案的顧慮和遲疑只能寄託無語的安靜，明明知道只要現在說出口對方就可以清楚聆聽和回應，但若唐突的追問或坦承，究竟會不會造成影響跟冒犯？因為太過在乎，所以只能退到雙方覺得不受到任何壓迫的位置，扮演好對方在此刻需要自己成為的角色。

「牧典。」賦恩輕閉上眼，用最私密的方式喚他的名字，「聽到你的聲音真好。」

尤其在此時此刻，賦恩心想，雖然不能對他傾露正在向自己逐漸逼近的緊張和高壓，但還是需要他的安撫，讓自己像被吊掛在沒有任何支撐物的半空擺盪的心，能維持在一種平衡的安定狀態。

電話那頭只傳來輕聲的微笑，像是默許也是回應。互相提醒對方要記得吃飯、空檔就好好休息，工作結束之後再連絡之類平常不過的叮嚀，就掛斷了電話。

牧典按下結束鍵之後，捏緊手機，掩藏不住心裡那股瞬間下墜的失落感，他還是什麼都沒說，話語和平常一般安穩鎮定，彷彿他真的在一個氣氛安和的地方愜意的休息，把情緒收拾的那麼安整沒有痕跡，似乎在用這種全然隔離的方式明確的提醒他這一切與他無關——牧典無法去想像自己在賦恩心目中被定位的樣貌，只是希望在這個對他充滿影響力的重要時刻能自然的跟他說一聲，「加油！」

希望讓他知道自己多麼以他為傲，但他了解賦恩的堅持，想要在這個範圍獨立自主不受制於任何要求和期盼。他不隨意越界，理解他的保留，讓他靠自己的力量去穿越和思索。

畢竟彼此都是男人哪！牧典會用賦恩的眼光照映自己，都具有同樣嚴格審視自己的尊嚴，對堅持無從冒犯的執念，相戀相處之後對方的每一吋性格細節都獨特鮮明如無法模仿的指紋，需要思考的仰角變得寬廣，在彼此面前一句話或情緒的表現影響層面也更深入，反覆的接觸和了解對方什麼可以一起共享，什麼時候還給他獨處的權利，清楚的知道什麼時候該退開，在察覺他隱約的釋放出拒絕、不需要任何依靠的時候。

牧典其實在賦恩一接洽完所有表演細節的當晚，艾爾就已經打電話先知會他，說很欣賞賦恩，覺得他挺有創意又很有衝勁態度也很好，想給他個機會在餐廳裡安插暖場表演試試水溫。

艾爾其實打從一開始就認出賦恩。當初牧典的公司在招聘一批新的魔術助理時，招募人事的負責人正在觀看眾多求職者中少數有附上自薦視訊的履歷，賦恩就是其中之一。

當時艾爾正在牧典的公司和他的經紀人討論合作表演的事宜，在他空閒時人事請他幫忙從剩下八人的履歷中選出四個來聘用，人事知道牧典尊敬艾爾如敬重的師長，想借重他的公平和專業性來挑選。

賦恩在他自己拍攝的自薦影片雖然肢體看起來生澀又緊張，甚至還有點笨拙，但和其他人比起來他的態度還是多了一股成熟穩健。當時賦恩為了能熟悉舞臺運作，請社團老師引薦了許多魔術師在一些場次需要臨時助手或雜工的工作給他，不管多辛苦的內容他都願意配合，所以舞臺經驗也相較其他人豐富。他細看完賦恩的履歷之後是第一個把他從八個人裡選出來，所以是艾爾親手挑選了賦恩進入牧典的團隊；這些幕後的作業賦恩當然都不知情。

「他真的是個不錯的孩子，完全不會拿在你團隊工作的事來招搖，只說自己是單純的魔術愛好者。所以我也沒有戳破他啦，省得他在現場被學員問東問西很尷尬。」

艾爾在電話裡這麼跟牧典說，他沒有多回應什麼，只是跟他保證表演那天一定會讓賦恩休假，謝謝艾爾親自打來知會自己。他掛下電話之後馬上就撥分機給團隊的人事說，若賦恩近期內有提出排假要求都簽予他，自己已經核准了。

牧典放鬆深陷在飯店的皮製辦公椅裡，從胸口輕抽了一口氣，想著賦恩申請去參加研討會已經是一個星期前的事了，這其間他們都理所當然的在工作場合碰面、相處，結束工作後秘密的在他或自己的房間裡親密的擁抱親吻，但賦恩對這件事隻字不提，而現在牧典藉著另一方的告知而知情了，他的第一個反應也是「那就配合他繼續裝作不知情」。

自從那一次輕微的磨擦之後，牧典就了解該如何對待賦恩的保留。

那天他在自己的房間裡，已經是漸入深夜又都工作了一整天，兩個人的聲音和表情都顯得沉厚疲憊。回到只有兩個人的空間，賦恩總是會先幫他把容易壓皺的衣服掛好，之後輕擁住他親吻他的額頭，低聲的在他耳邊說：「辛苦了。」牧典會自然的環住他的腰，像回應一樣輕摸他清爽的短髮，抬起頭就會自然的將唇貼靠在一起。

偶爾會吻的激烈深入，賦恩會把他直接抱到床上，脫去彼此的衣物狂烈的交纏。能以戀人的身分和方式相處的時間很有限，一碰觸就一同沉潛進熱愛底層最深的水域，猶如僅靠依附彼此互相交換氧氣才能維生。

索取到完全累倦，然後一起梳洗再擁抱著入睡，是時常一日一日反覆的慣例。但那天牧典還有未完成的工作，他們只是簡單的談話，之後便沉默的各佔據房間一角做著自己的事。

直到牧典發現筆電螢幕右下方的顯示時間已經接近凌晨，他抬起頭來拿下眼鏡，伸個懶腰揉擰僵痛的肩膀，站起來想倒杯開水的時候，看見賦恩仍然安靜專注的坐在梳妝桌前練習硬幣魔術。

這已經不是他第一次看到賦恩練習研究到凌晨了，有時他們一起昏沉睡去，除非自己有工作，不然賦恩總是比他早起兩到三個鐘頭，在他翻身時感覺到賦恩點起房間一盞燈使眼皮一陣暈亮，他迷濛的拉開眼睛一條縫隙，賦恩總是醒著，坐在床邊或桌前，手上拿著撲克牌或硬幣，或戴著耳機用手機播放複習在魔術研討會上錄製的視頻和傳奇魔術師們的經典程序。

——真像當時的我啊。

牧典有時會沉默的看著賦恩嚴謹學習的側臉，想著他明白魔術是充滿各種領域涉獵總和發揮的專業藝術。他尊敬謙卑的吸取前人傳承的發想嚴格的磨練，每天都設立一個關卡讓自己去闖越，一闖越過去就像終於到達了一個已經嚮往了很久的地方，可以准許自己盡情感受無法分享的喜悅。

牧典想這應該是他來到團隊工作之後，每天固定的生活模式，這只是他習慣的延續，而他們現在每天連私下的時間也重複疊合，時間和作息全被對方佔據穿透，彼此開始探究到對方毫無遮瞞的部份。

沒有什麼可以藏的，總是會在一些只在自己面前的時刻認識對方，不管是能設想、能參涉，還是只能了解的，全都要學會接受之後安放在對他的認知裡，直至他逐漸完整、幾乎透明。

雖然賦恩從來不讓徹夜的練習影響工作，牧典也明白他有不得不紮實向前進的理由，但看著他被忙碌又加總著睡眠不足和高壓的工作環境持續磨耗，讓他有天還是忍不住跟他說：「不要太拚了，搞到年紀輕輕的身體就壞光了。」

賦恩只是笑著回應：「我覺得你沒什麼資格說我。」

他靜默的走到賦恩身後，光著腳踩在飯店房間柔軟的地毯上沒有發出任何聲音，讓賦恩完全無感的繼續手上的動作，他正在練習雙掌蓋住兩個硬幣位移到定點。

快速的停頓離開時，定點在視覺上就像憑空多出一個硬幣，可以重複複製幾個全憑運作者的功力，但在移到第六個定點時，手勢沒有維持住稍微有點穿幫，賦恩很洩氣的輕「嘖」了一聲。

「我跟你說，你在移動的時候手應該要這樣……」牧典邊說邊很自然的去托住他的手，賦恩卻很抗拒似的抽開。

「不要教我。」他繃緊整張臉，沒有看著牧典，口氣強硬。

牧典沒料到他會有這樣的反應，有點尷尬的把被掙開的手放到他座椅的靠背上，他不能理解，賦恩不是說「不用麻煩，我想靠自己」而是「不要教我」，好像用全身的力量在排斥，或者是某種過於敏感的警戒，如同碰到他繃到最大張力的神經，只要稍微一拉扯就瞬然崩斷。

牧典瞬間覺得有點挫折——我只是好意，難道我在無意間讓他覺得我在擺平常工作時的架子讓他不舒服？是身分不一樣了，所以我不能隨便去挑戰他的尊嚴？

「抱歉，我只是想這樣你會學得比較快……」空氣瞬間凝聚了一陣沉悶得不自在，總之先道歉再說吧，他珍視他所以願意禮讓他的情緒，但口氣還是難遮蓋被拒絕的失望。

「我不想要任何人覺得我靠近你是只想沾到好處。」賦恩說出這句話堅決的好像在宣示某種誓約，需要滴水不漏的嚴肅堅守比實證自己的理想還重要。

「我想要待在你身邊是因為我愛你。」賦恩接著說，聲音清晰明確。

牧典稍微皺緊眉心的看著他，他的雙手放在雙膝上緊緊捏著好似有千斤重量，全身挺直表情嚴峻又堅毅，好像盡全力在抵擋什麼難以言喻的侵襲。牧典瞬間就明白了，所有的憐愛和疼惜都從最微弱的地方醒了過來。

——是誰對你這麼說了嗎？還是你明明知道不會有人目睹你的堅持卻執意固守，像是對我深執的承諾，是你愛我的方式之一。真抱歉啊讓你承擔了那麼多，我竟沒有察覺，你是多麼的細心又慎重的維護，我們要走在一起確實會遭遇很多艱難，畢竟我們不可能永遠把彼此隔絕在小小的房間裡，你就這麼安靜而堅強的補強自己，以準備和我一起度過往後的時間，就算如此親密還是要各自的學會卸除不安、刷除猶豫，防禦一陣無預警的強風突然襲來也不動搖離散，還能毫無疑問的愛著對方。

「傻瓜。」

最後牧典只說出了這句話，輕輕將賦恩的身體擁靠在自己的胸前，手掌輕覆他的頸間撥撩他細軟的髮尾，賦恩閉上眼睛用雙臂環住他的腰，把全身的重量都卸除似的接受他的溫柔安撫。

牧典低下頭來把唇埋進他濃黑的髮絲之間，無聲的說著：「你不要忘了你還有我啊，不管之後要一起走進多深的暗處，我們還是必須依靠對方指路才能脫困，不管遭遇什麼困境我都還是會把你擺放在最優先守護的位置。我想你一定也是如此吧。」

賦恩捏著已經被體溫蒸的發熱的濕紙巾，不知道擦了幾次手汗。

他已經站在上臺前的預備位置，在臺前的韓國魔術師是今晚的特別來賓，才二十五歲非常年輕就已經拿下今年在英國黑池舉辦的ＦＩＳＭ大賽近景魔術冠軍，投身魔術的資歷只有三年，卻深具巧思創意跟流暢純熟的手法，外型也俐落新潮，風格鮮明幽默，已經在圈內小有名氣。

現場聚集了比餐廳預期還要再多出一倍的觀眾，有許多來觀摩的業餘魔術師和高舉著數位相機跟手機攝錄他表演的粉絲，甚至座位都坐不下，但還是有很多觀眾願意站著觀賞表演。

賦恩沒想到會遇到這樣的情況，尤其還要被安插在這樣名聲才氣都在高水平的魔術師之後表演，隨著他的表演已經快要接近尾聲，他的腦袋也近乎混亂失了秩序，額間都是凝結的冷汗，「我可以在那個時間點講出那個臺詞嗎？觀眾不配合怎麼辦？上次我練習的時候在那個地方失手了，等下太緊張會不會又出錯了？」

他閉上眼睛深呼吸，在這麼吵雜的環境都可以聽得到自己心跳正在快速的起落，他想著牧典曾跟他說最緊張的時候就只在上臺前，要亂想要害怕也只會在這個時候了，一站到臺上誰還管你那麼多？就只要專心在盡一切能力豁出去表演就對了。

「我會一直想著你。」

此時他的腦中只清晰的顯現剛剛在把手機關機，要收進背包之前，牧典傳給他的簡訊。只有這句簡單的話，卻足以瞬間讓紛亂的四週都安靜下來，像是一句最能安定自己的咒文。

——是的，我是多麼的驕傲，我跨出去的每一步都是為了自己也代表你，我不會讓任何人失望，

——我希望你以我為榮。

在聽到主持人介紹到他名字的時刻，他張開了眼睛挺直身體，最後一次整理裝束，帶著最堅定不容動搖的自信往臺中央為他打亮的聚光燈下走去。

八・光的羽翼

牧典坐在飯店的辦公桌前對著筆電，僅開著桌上檯燈的光源，將室內維持在工作時需要的安靜裡，把儲存在資料夾裡類型不同的音樂剪輯成表演需求長度的曲目。

他戴著的耳機裡節奏風格強烈的曲子一首換過一首，剪輯軟體隨著節拍起伏的音頻光源倒印在他的眼鏡鏡面上閃動，他卻沒有平常處理事務的敏捷快速，只是靠在椅背上，緩慢的旋動滑鼠上的手指，眼神總是分心飄移到螢幕右下角的時間，不知道幾次無意識的拿起手邊的水杯小口小口的淺嚐，想稍微安定一下等待賦恩表演歸來的的焦躁。

一移開在滑鼠上的手，手腕的地方就隱隱的抽痛，那是他在前一個星期連五天的巡迴表演中，在同一個需要用到火焰的魔術程序裡連續五次被燙傷右手同一個地方，不管表演之前細節籌備的多嚴謹謹慎，意外還是隨時可能在無法預期的狀況下發生。

他在坐下工作之前，還必須花時間處理將傷口壓迫的十分難受的腫脹水泡，賦恩每次在幫助他清潔傷口的時候眉心總會擰起摺紋，抹上軟膏時也會不厭其煩的提醒，「會有點痛，忍耐一下。」

但在知道他受傷的時候，賦恩除了關心受傷狀況之外什麼也不會多問，他越來越理解這就是專業頂端的舞臺工作，預演只是將狀況填充的飽滿，但只要出現一點瑕疵小則漏氣出點紕漏，大則爆破造成程度不同的傷害。一起走到這裡他們已經光靠不言說的默契就可以明白，像維持著同一種振幅的音頻。

時間走向十一點五分。他開始有點睏倦的時候，房門被開啟了一條縫隙，今天把頭髮抓的特別有型的賦恩向房內探進頭來，看到牧典隨即一如往常的笑開。

「原來你戴著耳機，怪不得敲門沒聽到，本來想你不在的話先進來等你。」

自從決定走在一起之後，牧典總會偷偷到飯店櫃臺多申請一份感應房卡給賦恩，讓他可以隨時抓準不被人探查到的方式隨意進出。

牧典只是輕應了一聲，看著他總是規矩的在衣櫃間擺好鞋子，脫下搭配在貼身白襯衫外面，平常不太會出現風格正式的黑色窄版西裝背心，解開襯衫的第三、四顆扣子露出上腹和胸膛，臉上的表情充滿微微的疲憊和放鬆的孩子氣，他帶著撒嬌的表情伏下身單膝跪在坐在椅子上的牧典面前，握住他的雙手。

「今天有好一點嗎？」他拉開牧典的襯衫袖口，在用紗網包覆的傷口上軟厚的深深一吻。

「還是一樣會一直抽痛。」牧典輕聲回答，平常不容易在別人面前示弱的自己，已經完全平順的接受會向他直接坦誠的習慣。

賦恩將臉頰自然的枕在他的膝蓋上，撫摸著他手指的骨節到指尖，把整個半身的力量都卸放在他腿上一樣。牧典也將手掌輕放在他額前，低下頭在他耳邊悄聲的說：

「我有東西要給你看。」

賦恩撐起身體，仍將雙肘靠在他的腿上，看著牧典將手伸向桌面的玻璃菸灰缸上的一排有五根的火柴盒，拿出一根在底下的磷皮磨擦引燃，在他面前晃動兩下等待燒完之後故作將它吞嚥下去的樣子，接著把火柴盒放到他手中，要他打開來看。

火柴盒裡本該被燒毀吞嚥的火柴又完好如初的回到原處，火柴頭還保留著褐黑色燒過的痕跡。

這是今天賦恩在表演開場時準備的第一個魔術，他當然看得懂中間的手法和技巧，他皺起眉心有些緊張的握拳，在心裡的暗處想著：「還是讓他知道他今天有專場表演的事了嗎？所以他想用這種方法拆穿自己的謊言？」他無意識的咬著下嘴唇，有些心虛的繼續保持沉默。

「你看著，還沒完喔。」

牧典自信的笑開，開始在桌上攤開一副慣用的撲克牌，繼續完成一套仍和火柴盒相關的牌面色源感染跟撲克牌轉移的程序，賦恩看完愣征的說不出話，這些手法互相套用之後成為了一個更完整又獨創的程序，表演起來也流暢又讓人印象深刻。

「你真的好厲害。」他睜大眼睛好幾秒之後，才滿滿興奮的說出這句話。

「那有自信想出比我更好的手法嗎？」牧典從牌裡抽出一張黑桃Ｋ，輕點賦恩的鼻尖。

「蛤？」賦恩搞不清楚狀況，只能偏頭略過撲克牌看他的表情。

「把這套自己研究出來，然後想出比我更棒的程序。」牧典挑起眉毛將牌收好，勾起雙腿靠回椅背上，眼神蘊含深刻的驕傲和笑意。

一瞬間賦恩就理解了，不管他是不是從哪裡得知自己今天有專場表演，或者有人向他透露了今晚表演的內容，此刻他都明白牧典想用不讓自己為難和能找縫隙閃躲的方式支持自己，就是讓自己最舒服的平等的認可和激勵。他無聲的和牧典互相凝視，完全可以感受到一直以來對他密密實實的熱愛和完全臣服於他一切的崇敬。

「我很樂意接受，親愛的老師。」

賦恩說著低下身去，捧起牧典原本貼放在柔軟地毯上的腳掌，輕吻他的腳背、突出的腳踝到被長褲的布料包裹的小腿肚，延著他有些偏瘦的腳形向上親吻，一邊細緻緩慢的愛撫。他用手掌搭著牧典的膝蓋微微的拉開他的腳，在大腿內側繼續用唇蓋下綿密的輕觸。牧典將十指深入他濃黑的短髮，將他拉向自己，他身上散發著淋漓的汗水和肌膚的底味濃重的氣息，皮膚摸起來有些粗曠獨特的表面，讓他用指腹的觸感就足以將他記憶的熟悉。

就算此刻如此緊密相依，彼此終究是各自完整、如此真實的人，謹守著各自的秘密，也保護著對方的秘密在自己面前沒有任何的瑕疵，保有著需要不斷用真誠笨拙探索的私密感，而愛就被獨自留下來了，無關其他。

牧典在工作結束之後，用還要確認幾天後大型商演細節的理由，推掉了團隊成員的聚餐邀約，他大方的說要大家能吃就盡量吃，再拿帳單回來和他報帳，不管吃多少他都全包了。

他的目的只是想清空一段安靜不會有人打擾的時間，順便也讓賦恩跟著他們一起好支開他。一個人回到房間之後他馬上就打開筆電，一邊開機一邊坐到窗邊的單人沙發上，把筆電平放在大腿雙腳順勢一抬的枕在靠腳椅上。

連上網路打開信箱點開下午艾爾用訊息通知他，終於有時間把牧典拜託他把賦恩當晚在餐廳的表演全程錄下來的影片寄出來。他等了幾秒把影片下載下來，下載完畢辨識影片類別之後開始播放。賦恩隨著主持人的介紹態度自信的從舞臺旁出場，他看著他的身影隨即輕笑了起來，右手食指無意識的輕撫嘴唇，感覺心情一片明亮。

剛開始他都還保持著輕鬆的心情看著螢幕裡的賦恩，但隨著表演逐漸進入尾聲，笑容開始緩慢的從他臉上消逝。

他開始瞇起雙眼深入的看待他的每一個動作、每一個精算的安排，每一個符合最佳時機點的效果，風趣精巧的言語形塑他獨特的風格。他跟著自己這幾年的時間也沒有讓他在表演上挪用、拷貝自己的表演方式，可見得他滿腦子無時無刻都在思索著，如何堆砌和打造自己成為一個獨創而處處靈光閃現的魔術師。

影片播完好一陣子，牧典都只是維持著同一個把手指放在下嘴唇的姿勢，安靜的坐著。

室內只有椅子旁高腳檯燈照亮安穩的鵝黃色燈光，空調控制面板上的綠色燈源規律的閃爍，室溫被風孔送入的冷空氣調節成恰當的溫度，眼前的電腦進入休眠螢幕暗成全黑，倒映著自己的表情，他感覺腦袋就像瞬間被攤開一張全新的白紙，而意識跟決定開始在上面起筆寫下他不能抗拒、最能回應現實情境的每個動念。

他將電腦螢幕沒有扣緊卡鎖的輕輕蓋下，放到旁邊的圓桌上，再關起檯燈的電源起身走向窗邊，拉開窗簾看著被樓層高度縮小的市區霓燈和車流。

他需要一片沒有雜質的黑暗，可以感覺到自己胸前的呼吸跟隨著沉重的心跳每吐息一次的壓抑跟鈍重，用舌尖濕潤乾燥的嘴唇微微激動的顫抖，他閉起周圍已經開始發燙的眼睛。

每個像被細針一樣準確插縫的每一吋痛感都在提醒他：

「這是個非常困難的決定。」

因為掙扎，因為私心，所有的念頭都還斷裂零碎無法完整接合，這就像是唯一一條漫長道路前方投射進的光暈，雖然溫柔的黑暗讓人耽溺的想要永久躲避在一切都不清晰的安全之中，但他也非常明白，唯有抵達讓人向光的出口才是最正確的路。

再度張開眼睛，他深吸了一口氣，環顧了一圈窗外的風景，像在確認自己身處的現實景象，好不容易能說服自己用意志掌控身體開始行動的時候，他一回身，看見床邊櫃上的鐘點，才發現已經在窗邊站了好長好長的一段時間。

他始終是個對自己誠實的人，所有的決定都忠於最真實層面的本意，只要一覺察想法就會開始往內心深度穩穩的紮根。他搓揉著雙手有些焦慮的抹去掌心的冷汗，慎重的坐回單人沙發上，再度打開電腦，打開儲存在資料夾裡要發給團隊人員工作的時間表，開始著手修改。

接近半夜時分，牧典的房間的電話規律響起，他接起來傳來賦恩一貫爽朗的聲音：「你還在忙嗎？我可以過去你那裡嗎？」感覺他似乎和大家玩得非常盡興，聲線帶著微微的亢奮。

「可以啊！」

牧典輕聲的回應，聲音輕細到似乎都可以讓話筒背景裡鼓譟的人聲壓過去，他放下電話之後只是一直保持著在沙發上的坐姿，雙眼盯著房門，約略的估計著賦恩從聚餐的地方回到這裡需要多少時間，深呼吸閉起眼睛好像每次上臺前都必須重新整備心情一樣。

賦恩到達房間之後，連鞋也沒脫直接到他面前緊抱住他，嘴裡胡亂的說著剛剛很好玩啊如果你也在就好了之類的話。牧典一看到他的瞬間，還是感覺剛剛搭建好的情緒開始從不牢固邊角開始傾斜。

他想要抑制它的全面崩塌，不著痕跡的在回抱他時稍微用力的環住他，像遍尋不著平常看待他的視角一樣意識到自己的表情一定非常不自然，花了好幾年的時間訓練自己的每一個眼神、動作都可以是暗示跟偽裝的技巧，在真摯對待的人面前似乎只顯得滑稽不堪。

他很慶幸聞到了賦恩的身上有濃重的酒氣，賦恩笑得傻呼呼的拿下他的眼鏡，如同小孩要糖吃的方式貼上他的唇，一邊輕笑著喘息，濕熱的舌吻得越來越激烈深入。

牧典感覺體內翻騰的激動衝上眼窩一陣繃緊的酸楚，緊擰著雙眼把瞬間往眼眶凝聚的熱霧分散，鼻腔淤塞的難以呼吸，但專注在深吻之中的賦恩完全沒有察覺，要離開他的唇之前還玩鬧的用力吸了一下，之後愉快的起身，坐到床緣開始脫鞋，嘴裡不停熱切的講著聚餐時有梗的對話和某些人的糗態。

牧典重新戴起眼鏡，靜止一樣不發一語的看著他。賦恩笑起來的時候眼角會有一點皺摺，眼神總是明朗的聚著微小的光芒，聲音像光線溫沉的從空氣裡貫入直透，雙頰被微醺染的通紅，和自己說什麼微不足道的小事看起來也總是這麼高興。

他希望將這一瞬間用記憶錄像，一個恆久定格的長鏡頭，把自己也包括在裡面，徹底成為這段時光的全部。

直到聽他說到團裡的人起鬨無聊的把所有的果汁和飲料混在一起，要一個賭輸了的助理喝下的時候，牧典起身走到他身邊坐下，從口袋裡拿出他其實本來預定要在賦恩下個月生日的時候才要送他的禮物，是一條皮製的咖啡色項鍊，上面圈著兩個戒身互相串連在一起的對戒，他將勾鎖打開替他戴上，搞不清楚是什麼狀況的賦恩只能呆愣的看著他的動作。

「這有一個是我的喔！」牧典說，覺得自己的聲音已經壓的不能再低。

賦恩將他從胸前拿起，仔細的看著相串在一起的樣式簡斂的銀色對戒，想起什麼似的說：「啊，這是你在上一個晚會上表演的魔術。」

「是啊，想辦法解開它，然後再拿來替我戴上。」

「你好嚴格啊，送個禮物也要考我嗎？」賦恩癟起嘴，有些不甘願地仔細用各個角度端詳著戒指相連的地方。

牧典只是無語的握住他拿著戒指的手緊緊的包覆，想把自己如實託付出去一樣的吻他，只為了探觸似的細膩、柔緩，像指尖觸動琴鍵，他用舌尖輕舔賦恩飽滿的下唇，是啟動最熾烈情慾的暗示，只要一個最細微的回應就是引信允許慾望徹底燃開。

在賦恩進入他之後，牧典一直試圖更貼合彼此的身體好讓他能更深入，他想徹底的敞開自己，不留縫隙沒有遺漏，連體溫都有完全焚燒的味道，全然交付無法用言語理解的情感和苦悶的壓抑，有點痛覺反而更能敏銳的感受到真實的相連。

賦恩感覺自己被牧典引導的已經抵到了極限，看著他難受的皺緊眉心，在黑暗中都能感覺到他全身都已經佈滿細小汗珠的氣息，他緊鎖在喉嚨的低吟急促而微弱，賦恩甚至一度有他在哭泣的錯覺，他用充滿熱度的掌心輕撫他的臉側：

「這樣你不是會很難受嗎？」

「沒關係，今天我想要這樣。」他在賦恩的耳邊低啞的請求。

這樣就能把這一刻牢牢的複寫在身體裡。

結束後躺平著呼吸頻率逐漸回覆平緩的牧典緊握著賦恩的手，平常他因為自己手心很會冒汗通常不太會主動長時間牽著他。賦恩因為盡興的疲憊和酒精的催化只是閉著眼睛翻過身，將鼻尖靠近他平貼著汗濕髮尾的耳後小聲的嘟喃了一句，「這樣握著沒關係嗎？」之後就安穩的陷入了沉眠。

牧典卻完全無法入睡，聽著賦恩此刻還在身邊如此親近規律起伏的柔軟呼吸，漸漸的感覺到相繫掌心的濕熱，他也不想放開，腦中逐漸成形完善的計劃讓他感覺就像站在即將漲潮的海水中央，緩慢的把自己包圍淹沒。

他看著白色落地窗簾，循序漸進的依著清晨的時刻穿透進透明淡藍的微光。

天就要亮了。

三天後，賦恩依著昨晚拿到班表上預定集合時間的兩個小時前起床。

他照例的簡單換裝梳洗完畢，把簡易的盥洗用具放回行李箱之後，俐落的上鎖拖出房門，一出門他就感覺應該四周都是住著團隊人員的整條長廊非常安靜。

平常都應該會遇到幾個和他一樣喜歡特別早起悠閒吃早餐的同事，此時他都並沒有特別在意，到了一樓用早餐的餐廳環顧了一圈仍然沒有遇見任何人，今天是非假日時間，整間餐廳只有零落的幾對散客，他拿了幾樣簡單的餐食坐回餐桌前，還有點憂心的從側背包拿出班表再確認一次時間，確認時間沒錯，但和平常截然不同的狀況還是讓他有種說不上來的掛意，只能拿起咖啡灌個兩大口想讓有些昏沉的腦袋能清醒一點。

直到集合時間他走到定點依然沒有半個人，他開始有點慌張了，把行李放在原地拿著房卡到櫃臺詢問，櫃臺小姐查詢了一下說出了讓他完全摸不著頭緒的回答。

「他們在四個鐘頭前就已經離開了。」

「四個鐘頭前？」賦恩不可置信的瞪大眼睛稍微提高了音量。

「是的。」她很肯定的再說了一次。

他把房卡交還給櫃臺回過身焦急的在身上到處翻找手機，他才突然想起事情從昨晚就開始有點不對勁，本來都是統一發放的班表，排班主任卻用少印了一張為理由，是在大家都已經入房休息之後才私下拿給他的，他顧不得在手上已經有點被揉皺的班表，在通訊錄裡迅速找到團隊排班負責人的電話。

排班的主任在現場看到電話上顯示了賦恩的來電，沒有立刻接起來，小跑步的跑到牧典的休息室迅速的敲了兩下門之後轉開，只是照著牧典的吩咐完全搞不清楚實情的她顯得滿臉為難。

「那個……老師，是小恩打來的。」

「拿過來吧，我來處理。」他從她手中接過電話，看著顯示在螢幕上賦恩的名字，為了要保全自己在聽到他等下接應到實情震驚又傷心的語氣時，態度不會有任何的裂縫和動搖，深吸了一大口氣才按下通話鍵。

「恩，是我。」

「牧典嗎？這倒底是怎麼回事？為什麼改了集合時間都沒有人通知我？」

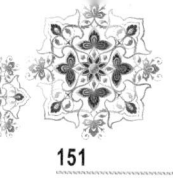

「是我的決定，從今天起你可以不用再跟著我們了。」他說，口氣和工作時一樣沉穩肅靜。

話筒另一端似乎還在調整呼吸的賦恩，一聽到這個突如其來的回答足足愣了好幾秒才能出聲回應，「這是……什麼意思？」

「就是這個意思，你不再是我團隊裡的一員了。」

他刻意一個一個字清晰果斷的說，其實也是一再的說服自己一樣的反覆提醒，他不能過於用感情來更加擴大這個離別的難度，他並不想優先保護自己，至於之後要花多少時間來消解這個決定，需要承擔的龐大憂傷，都不是現在應該設想的事情。

「為什麼這麼突然……牧典？難道說……你已經不需要我了嗎？」

賦恩的語氣混亂又斷續，想見他遭受多大的衝擊。聽著自己最眷戀的聲音用悲傷至極的低頻喚出自己的名字，牧典顫抖的閉上雙眼，放在椅背上的手心緊緊握牢。

「正好相反，是你已經不需要我了。恩，你仔細的想想你現在最需要完成的應該是什麼？你繼續待在我身邊只是阻礙你向目標發展的速度，再想想你的家人，他們值得更好的生活。」

他為了順平呼吸停頓了一下，不讓自己有任何遲疑機會的繼續接著說。

「你去飯店的櫃臺找值班的經理，我在保險箱裡留了東西給你，你看了自然會明白該怎麼做。」

說完，他毫不停留的掛下電話，把自己的手機也關機，他才抱緊肩膀束手就擒一樣，坦承的接受似乎會永久凍結在此刻的悲傷，全身的感知和意識都開始和下沉到無法發出回音最底層的心一起失溫，他彎起右手食指咬住第二個骨節，讓明確的痛楚開啟另一層痛楚。

這一離散關於今後的一切，就是沒入全然的未知，像無法預測的洋流。

那些互相依存溫暖的時光、飽厚的言語和雙手、留存在皮膚上的溫度，擁抱時一起維持在同一個振頻的心跳，沒有縫隙的信任，在往後數不盡的日子都只能是在記憶裡一次次被拼湊還原，持續消磨而漸漸被時間凝固的昔日而已。

但他知道這是值得的。他會把這一切都隱隱的藏好，不管要花多少時間，他都願意相信這從這一刻開始倒數、證實他的決定是絕對正確的那一天會來臨。

——我最親愛的，最珍貴的你啊，原諒我沒有把抱歉說出口。

——我真的太笨拙了，這就是我唯一能實現，愛你的方式。

在恍惚之間，內部破碎的聲音都像漂浮空氣裡最細微的粉塵，沒有任何重量的堆積起來，此刻僅剩窗邊投射的晨光照亮沒有盡頭的前路一樣安靜，一切都已經不需要再督促自己讓它發出任何期望聲響的，明亮純粹的安靜。

牧典感覺自己哪裡都可以去，什麼也都可以捨棄，全然不抵抗的讓這個斷裂的痛苦從身上靜逝的流過。

他想起跟賦恩比起來，自己是比較寡言的那一個。賦恩似乎也毫不在意，總是在自己靜默的時候也自顧自的不停說話，好像自己是連接他傳聲筒唯一的對象。

賦恩也曾經對他說過，整天能過到跟他說真正想說的話的時刻，才感覺一天能好好的結束了，其實自己很喜歡這樣，他可以在話語裡靜靜的觀察，他所有思緒和想法的流向，聽他傾訴，聆聽他的全部。

——那麼，往後若你想起我，請繼續在心裡跟我說話吧，就算我無法聽到也無所謂，請不要停下。

他慢慢的起身，想重新杵穩整個身體重心一樣的緩慢，本來放在旁邊銀色籠箱的斑鳩們發出拍翅鼓譟的聲音，他靠近打開箱門牠們便慣性有秩序的從籠中探詢的擺著頭走出來，他將一隻包裹在雙手掌心，走向窗邊，向上拉開木製的窗戶，室內便滿是陽光和微風明淨的氣味。

他坐上窗臺倚靠在窗框上，手中班鳩乖順的輕勾著自己手指細長的腳尖沒有任何重量，他將手向上一抬托引著牠往外飛去，攤開掌心陽光像金色流動的液體聚集在掌中，斑鳩展翅響亮的聲音，太陽就像遙遠的某一天一起迎接的早晨一樣耀眼無瑕，幾乎讓人睜不開眼睛，是個適合啟程的美好天氣。

「現在，你們都真正的自由了。」

賦恩終於在把手機撥打到螢幕已經顯示電量嚴重不足之後放棄，打給團隊的成員們，他們似乎也都參與其中似的在響了兩聲之後就被切換到語音，他太明白牧典既然決心做到這個程度，就不會容許任何的質疑和更動。

好一段時間，他只是茫然坐在寬廣而人聲熙攘的飯店大廳提供等待休息的座椅上，不知道過了多久，時序的往前對他而言已經不再重要，他規律的感覺到胸前凝重起落的呼吸和無法承受衝擊像幫浦一樣加快運轉的心跳，淚水不受控制的斷續沿著臉頰弧度滴落，糊暈了景象的眼神焦距只是一直靜在自己疊放在腿間的十指。

腦袋裡沒有順序交錯穿插了許多凌亂混淆的想法，每一個念頭在觸碰到這個還在猛烈焚燒的難受就瞬間被引燃燒毀，根本無法從其中挑選之一來整理安頓出能說服自己的結論。

但是，他很清楚若要明白牧典真正想要跟他說的話，那就非得去做、去找尋直到自己完全置身其中不可。

他果決站起身用掌心胡亂的抹去淚水，隨手擦拭在褲子的單寧面上，重新走回櫃臺向穿著筆挺西裝的接待經理表明要拿牧典留給他的東西，他立刻露出適宜的微笑鞠躬請他稍等，走進身後的小房間，過了一會兒拿出一個文件大小對折的牛皮紙袋，恭敬的遞給賦恩。

賦恩低聲的說了謝謝，退到櫃臺邊立刻將它拆開，裡面有一本新開戶的存摺跟提款卡，夾著一張寫著密碼的紙條，另一張紙條似乎寫著當地接應的聯絡人和電話。存摺裡唯一的一行紀錄標示著一大筆無法想像的金額，還有那副熟悉的牧典的父親留給他最珍貴的撲克牌，一份在七個月後要在拉斯維加斯舉辦的「世界魔術研討會」比賽的入選資格簡章，以及一張在下午五點半起飛，前往拉斯維加斯的單程機票。

他拿著機票對照了手機上的時間，估略的算著從這裡出發到當地機場需要的車程，他幾乎需要立刻出發才能趕得上，沒有任何停頓斟酌不安和疑慮的時間。

他把東西迅速放回袋子裡，拉起手邊的行李箱，毫不猶豫的跨出步伐走過門口的旋轉門，走向排班的計程車，他一坐進去和司機交代前往機場，便立刻用手機剩餘最後的電量撥了長途電話給母親。

他也猜想母親這星期值的是日班，沒有接電話，他在語音信箱裡簡單的說明已經辭去工作，接受牧典的安排正要前往拉斯維加斯，說很抱歉這麼任性臨時的才通知，但自己一定非去不可，他誠懇的在最後請求母親諒解他的決定。

切斷電話後，他看著窗外快速閃逝的街道景物，在不停更動翻新的確認遭遇和行動之中，反而鞏固了自己願意走向牧典替自己指引全新命運的堅決。

——因為我是這麼的信任你。

賦恩將似乎還記憶著牧典手心溫度手指放到唇邊，閉上眼睛慎重而深刻的在腦中給了他一個告別的親吻。他不停的對自己說，「我如此深愛著你啊，願意完整承擔你一切的決定，將我接下來由每個未知的片刻接續的所有的命運，在此刻全部都毫無疑問的，交給你。」

飛機在晚間九點落地，出關時很慶幸自己這幾年跟著牧典在英語系國家到處旅居，基本的英文對應都還沒有問題，但一出關口感覺到不能再像平常本來都能跟隨圍繞熟悉的人們一起行動，只能一個人走在都是陌生臉孔跟不同習性的人群裡，還是讓他的心裡微微染上冷涼的不安，他無意識的用單手輕撫著胸前還牢固的串在一起的戒指，像撫觸到唯一能成為此刻確信的安穩依靠。

一出去才走沒幾步，就看到一個依稀眼熟、一頭濃黑短捲髮輪廓深刻的外國人拿著寫著自己大大中文名的白色紙板。

賦恩在他面前停下，他挑起眉毛指了指白板上的名字再指回他，賦恩只能有點茫然的點點頭，他馬上熱情親切的拍拍賦恩的肩膀，用英文說著，「歡迎歡迎，應該還認得出我吧？」

賦恩從他講話的口音和方式，仔細近距離的細看之後，才肯定他是牧典多年的魔術師好友丹尼爾，是在拉斯維加斯各大精品飯店都有過專場表演的傑出魔術師。

他和牧典是十幾歲就在魔術研討會認識一直到現在的摯交，賦恩在這幾年內只在舞臺上看過他，鮮少看過他私底下隨性悠閒的裝扮，賦恩想著牧典信任他來安排自己到這裡的第一個接應，而他也願意在這麼短的時間內立刻答應就可以證實他們交情的深厚。

他們一起走到停車場，拉斯維加斯正值燥熱的夏季，一出機場就可以感覺到熱烘的暑氣，馬路穿流著各式搭載觀光客前往飯店的大小型車種，用英語交談的聲音此起彼落，他看著迅速在面前展開而真實不可預期的嶄新景象，讓他更明確的在心裡認知自己已經再也不能回頭了。

丹尼爾幫他把行李搬上後車廂，讓他坐進副駕駛座，一路上他都隻字不提牧典是怎麼交代安排這所有的事，賦恩在心裡暗暗的想著這大概也是牧典希望的吧。

他用英文交雜著不太熟練的中文，不停的跟他介紹這個繁華金瑺的不夜城。指著右手邊說這裡就是仿造縮小版的自由女神，還有縮小的巴黎鐵塔跟凱旋門，哪條路上有頂級的餐廳、奢豪的賭場和號召全世界最高水準表演者聚集的飯店秀場，哪一帶近幾年治安不太好，晚上盡量不要一個人在哪裡逗留之類林林總總瑣碎的事。

賦恩在兩年前曾跟著團隊來過這裡極富盛名的飯店辦過兩場表演，現在已經完全沒有當時能直率的表現新奇興奮的雀躍心情，反而因為今天已經接收了過於龐大無解無法負荷的訊息量有些恍惚的疲憊。

他只是偶爾勉強微笑隨機的應答，其他時間都只看著映照在車窗上，隨著每個轉彎而變幻不同色系的燦亮霓燈，不斷的投影在自己的臉上。

經過一個多小時的車程，接近午夜十一點才回到丹尼爾為了表演而短期租下的公寓，是個遠離市中心繁囂的小型住宅區，四周靜得只有二樓敞開的窗子裡隱約傳出陌生節目的嬉笑雜音，和遠處幾聲不明顯的狗吠。

跟著丹尼爾乘坐有些老式卻保養的十分整淨的電梯到達四樓，一層只有單純的兩戶，他掏出鑰匙打開靠近樓梯的那一間，還用破爛的中文跟他低聲的說鄰居是個幾個月前喪夫的寡婦，每次遇到她都板著一張臭臉，手上抱的吉娃娃也不是善類老是會對他撕牙裂嘴的，要賦恩萬一遇到不要太介意。

他領著他進入室內，按開客廳的主燈打亮一個呈設非常簡單基本的空間，家具和廚房都是同規格配色的整套系統式，僅維持租用最簡便的生活感，沒有什麼多餘的裝飾。

客廳的玻璃桌上散落著英文雜誌和報紙，幾封攤開的帳單和喝了一半、標籤撕去一角的紅酒瓶，丹尼爾打開在沙發邊的窗子，似乎要把空氣裡沉悶了整天的濃厚菸味驅散流通出去。

似乎已經查覺到賦恩折騰了整天已經非常疲累，便沒再多說什麼帶著他往房間先把行李安頓放好。房間是個大小適宜舒適的單人房，擦得潔淨的木頭地板，已經舖著藍白直條紋清爽床包的床舖在正中央，和客廳一樣只有基本的衣櫃和兩個床頭櫃及一個原木色系的單人電腦桌，丹尼爾替他拉開百葉窗，說都已經整理的很乾淨了不用擔心。

這個房間是他趁著兒子假期的時候會帶著他一起巡演順便旅遊住的房間，再隨意的閒聊了一下兒子幾歲幾年級，對魔術一點興趣都沒有只愛打籃球，丹尼爾就說要賦恩好好休息，有什麼需要隨時跟他說之後就退出了房門。

賦恩把行李隨便的推到一角，鬆了一大口氣的攤倒在軟綿的床墊上，一躺下來就可以感覺到眼皮堆積著厚重倦意，腦袋和身體都像綁了鉛塊一樣乏力，他恍然的盯著刷著橄欖綠色系的天花板，原本早晨一睜開眼都還以為安然的身處在自己喜愛的生活裡，晚上卻已經抵達連一個熟悉的事物都不存在的地方。

他完全無法從過往的經驗來預設即將到來充滿未知的明日，他只能成為賭徒，每一刻都僅能依靠擲骰一瞬間偶然翻轉的隨機，來決定下一步。

看著牆邊的時鐘已經指向午夜，他還是爬起身想替已經沒電的手機充電，想著母親應該已經聽到留言，也許焦急的打了整晚的電話找他。

他拉開側背包，本來隨便的塞折在裡面的牛皮紙袋開口已經反倒，撲克牌從裡面凌亂的散落了整個包包內裡，他仔細的把牌撿收起來疊好，腦中甦醒似的浮現出牧典每次拿著這副牌在手中專注玩轉的樣子。

「你現在在做什麼呢？」

心裡響起這句話的時候，鼻腔立刻襲來一陣酸楚，「連無論什麼時後都不離身一直陪伴著你的這副牌你都託付給我了，我想當作是你想讓它像支持你一樣的繼續支持著我。好想再一次在靠你如此近的距離看著你啊，想看你笑起來的時候嘴角深刻的折線，和深陷在思考時食指都會輕搭在嘴唇邊習慣性的小動作，想從你身後無預警的將你緊緊抱牢。」

他為了穩固情緒的將牌一張一張的往桌上翻開疊放，翻到了中段時是一張黑桃A，他突然發覺什麼似的停頓，放下左手裡的半疊牌，將黑桃A拿近眼前細看。

用光線反射牌面的質感和手的觸覺確定，這張牌和其他的牌手感摸起來不同，也微妙的增加了一點不明顯的厚度。

他想起牧典曾說過他父親在裡面藏了一張機關牌，似乎說的就是這一張。他反覆的用指尖潤摸平滑的牌面，從側面看時可以隱約的看得出接合的非常緊密的縫隙，他用食指和姆指在兩面上下搓移，背面和數字面就隨著力道分離滑開，裡面藏了一個可以放置東西的空間，固定著一張藍色的記憶卡。

他疑惑的把記憶卡拿在手上，想著，「這難道才是牧典給他這副牌的真正原因？」

他立刻站起來走去外頭，詢問剛沐浴完畢的丹尼爾是否可以將電腦借給他，丹尼爾告訴他電腦就在他房間隔壁的書房裡，他有需要就可以隨意使用。

賦恩和他道了謝立刻走進書房，翻開桌上的筆電開機，拉開電腦椅坐下把記憶卡插進旁邊的讀卡機裡，一讀取出現只有一個命名著牧典英文簡稱的資料夾，點開來看裡面有上百個只用簡單英文單字標碼的資料夾條列的排著，他隨意的點開一個，裡面的內容讓他瞬間屏息，不可置信的睜大了眼睛。

這些是牧典從年輕時期以來研發的各種大小種類魔術，全部的手法程序和操作方式的資料，從初期草創的手稿、照片、嚐試的過程、使用的道具、改進的方法、舞臺的實演全都完完整整不藏私的記錄在裡面。

一瞬間滾燙的熱淚完全無法控制的湧入眼眶，他彎下身用單手抱住自己，皺緊整張臉，用掌心摀住嘴唇掩飾從喉頭不停哽噎的泣音。

——傻瓜啊，你真是傻瓜啊你。

——現在我已經懂了，全都明白了。

——你用這麼真誠到笨拙的方式告訴我，我是如此值得被你比自己想像中還要深刻的無條件被愛著，那是你送我啟程最美好的禮物，你的愛會保存在你給我的這一切裡在往後的每一個當下清晰的實現，不管我身在何處、從何開始都不會消逝，你寬廣的愛可以帶我去到更遠的地方。

——謝謝你，謝謝你！我愛你。

賦恩就像似乎能用內心深處的話語傳遞給他一樣，把這句話在心裡一遍一遍的重複。

九・光的解答

賦恩在四天前來到德國，以特別來賓的身分，參加這一屆在德國舉辦的「世界魔術師協會年度大會」，從必須不停向上競爭的參賽者成為囊括了許多國際獎項、水準已經被賦予一程度肯定能夠受邀參加的來賓，路程十分艱辛漫長，花了整整五年的時間。

這五年的經歷已經把自己的性格過於圓鈍或鋒銳的邊角，都削磨成平滑的切面，被歲月深度沉澱成一個品質穩定，也越來越沉默的成年人。

德國正值氣溫冷冽的凜冬，結束活動之後還有一天的空閒時間，他聽從一個娶了德國太太的日本魔術師好友的建議四處觀光。

他隻身一人雙手插在大衣的口袋，步入四周建築和街景都還維持著中世紀古老風貌的法蘭克福廣場，除了舊世紀的氛圍周圍還有許多如同積木堆疊一般幾何圖形的房子，廣場中央的八角形噴水池聳立著神情肅穆手持利劍和公平秤的正義女神，四周聚集停留了許多毛色銀亮的野鴿，迎面的冷風比昨天還要冰刺。他稍微把圍巾調整圍的更加緊密一點，晨間的氣象報告說，傍晚有機會下雪。

他走向廣場左側的大教堂，旁邊種植著一棵枝葉繁茂的大樹，在微弱的光線下仍然形成濃密的一大塊樹蔭，他悠閒的走去樹旁的木質長椅坐下，許多本來停在石板路上習慣向人討食的鴿子，全都拍翅簇擁圍到他面前或大膽的飛到座椅上向他挨近。

「牧典。」

他又習慣性的在心裡喚他的名字，持續沒有回音的招喚一個存在於時間縱深之外的象徵符號。

這幾年來最大的改變，就是他已經徹底習慣獨自一人，一邊前行固守著這個就靜在時光裡看陽光日復一日偏軸的秘密，這個秘密成為一個擁有自己獨特語系跟聲響的聚落深植在心裡，成為無法改寫的存在。

他仍然會常常想起他。有些記憶清晰的不像屬於過往時序的殘影，有些卻已經被時間撕出毛邊，顯象粗糙，失去許多不能再提供完整辨識的精確細節。

牧典似乎從那一天起，就解散團隊，徹底的從魔術圈隱沒。沒有人打探得到他的消息，留下了一個在水面上激起最鮮艷光譜色澤的水花之後，就往深處恆久沉寂的傳奇。

他曾經花了好長一段時間，在各個比賽場合向他的好友或曾經共事過的魔術師打聽，試圖抽絲剝繭的拼湊他的行蹤，但嘗試了幾次之後，他就發現在他們口中所謂的消息都只是輪轉了好幾手，添加了許多不必要資訊的八卦。

也曾經輾轉了好幾個人問到已經轉戰電視圈幕後的經紀人亞倫的電話，他似乎也不想透露太多，只是維持著熟悉平穩的聲調說著當時真的好驚訝啊，無預警的就突然解散了，他把整個團隊的人員打散提供介紹給有職缺需要的地方，每個人都拿到一筆豐厚的遺散費。

亞倫在臨走的前一刻還不放棄的問牧典之後究竟有什麼打算？不會真的就讓這些年積累的名聲和努力就這樣付諸流水了吧，他當時只淡然的留下一句：「我打算不讓自己有固定居所的到處去旅行。」

他最後一次聽到牧典的消息也是兩年半前的事了，一個以前曾經訪問過他的記者在外派到阿根廷做專題的期間在北阿根廷一個叫Ｇｏｙａ的小鎮遇過他，聽說他在那裡短暫的住了一陣子，不過，也無從確認到底有多少真實性。

牧典是無法安定下來的，除非這世界上再也沒有讓他好奇的事物，他像一隻只能在遼闊曠野生存的野鷹一樣。

當時本來以為已經找到一個最接近線索的源頭，在掛下電話的瞬間也斷了，唯一還能確認他真實的到處移動、捨棄安全感隨處流浪的證據只有手上的那本存摺。

剛開始的前一兩年他每半年都會固定的撥進一筆數目不等的金額，他向銀行詢問，客服小姐回答他記錄顯示每次撥款的銀行都在不同的國家。

他每半年都會在固定時間去銀行刷本子，出神的看著新增的一筆款項紀錄，好像他用這種方式重新打印記憶，暗號式的持續對話，提醒賦恩他從來沒有忘記過他，之後他陸續的得到了許多國際獎項，有了獎金的收入，他便分期付款的把當時領取帳戶的錢全部存了回去，之後帳戶裡就不再出現新增的匯款。

而這段時間以來，他在鑽精研發魔術的期間，其實也從來沒有使用參考過牧典給他的記憶卡裡任何的技巧和方法，但他和牧典一樣隨身都帶著這副牌，那記憶卡就像它靈魂的核心，有著充滿熱度脈絡的心跳。

知名度開始穩健的建立起來的時候，賦恩也越來越忙碌，專注的積極投入持續拓展事業，累積曝光度和漂亮的經歷，他發現不知從何時開始他不再打探他的消息。

是因為明白了牧典已經成為了鞏固生命最重要層次的密實蜂巢，或是和身體共生的銀色鱗片，只要想要觸碰這段記憶，就可以明確的撫摸到彷彿已經成為另一種生命體系的質地，在自己需要尋求支持的任何時刻，成為能夠適時回應、符合各種型態的存在。

他伸手撫摸胸前已經換了三次皮繩的串戒項鍊，邊緣不管如何勤於保養都已經有些變黑氧化，撫摸著它的時候總覺得任何無比嚴苛的時刻都可以熬過去。他早就知道解開的方法，但他從來沒有拆開過它。他想保存著牧典親手為他做的一切，不管是多微小的事情都好，他縮起身體抵禦冷風，鼻子凍的發紅，每一個吐息都凝成白霧。

突然曝露在冷空氣裡的臉頰的肌膚接觸到濕冷的冰涼感，他一抬頭，晶亮細小的雪花緩慢柔和的飄落，本來只是零星的散佈，之後密度和速度都逐漸增加，一瞬間就降下了漫天炫目的銀白，如同晨曦照亮水波邊緣閃爍的粼光，廣場上的人紛紛撐起了傘或進入室內躲避，只有孩子們仍然興奮的穿梭玩鬧在其中。

他仍坐在原處，伸出了手托住了好幾瓣雪片，一輕觸他的體溫就瞬間融化。記憶裡突然調閱出牧典打開飯店的窗戶，和自己此時一樣伸出手想要觸碰這個神諭般美麗的傑作，用孩子一樣響亮白淨的聲音說著：「這才是真正的魔術！」

——是啊，真的好美啊，牧典。美到似乎像我每次在夢境裡看見你仍然一如往常向我筆直而毫無猶豫的走過來的時候，才會出現的美好場景。

他把手放下，從口袋裡拿出手機，找到這幾年來一直都沒有刪除的牧典電話，他曾隔一段時間就試著撥打，雖然從沒有成為空號，但也總是直接進入語音信箱。

他已經不記得上次試圖撥打和留言是什麼時候的事了，但此刻就是想找一個方法和他訴說，這結晶一樣充滿真實純度的話。他再度按下通話鍵，等待留言的訊號聲響起。

他輕聲的打了招呼，就算沒有聽到他的回應，心裡還是可以感覺直達深處無法抑制的擾動。他用穩定的聲音和他報告著他被邀請兩個月後到魔術師的聖殿，好萊塢的魔術城堡進行為期一週的表演，之後跟他說，「你記不記得你曾經問過我，如果有天我不再是你的助理了，我會在什麼時候想起你，我想跟你說我現在已經可以回答你了。」

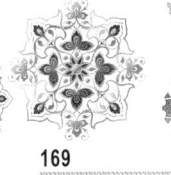

他停頓了一下，才緩緩而深摯的說：

「在每個我感到無比驕傲的時刻。」

話筒傳來留言終止的聲響，他抬頭任輕盈的白雪絲毫查覺不到重量的在身上堆積，喧鬧的孩子跑過他的面前，驚擾了整群的野鴿揮舞翅膀向上劃出起飛的弧度，往銀白的天空展翅飛去。

兩個月後賦恩為了晚上在魔術城堡的表演，從早上就到達開始預演準備，看到聽聞已久充滿氣勢似乎可以無盡向上延伸的旋轉梯，入口是一個四面都是書櫃的密室，需要站對其中一面書櫃，喊出「芝麻開門」入口才會打開，裡面收藏著詳盡的魔術發展歷史、資料書籍及珍貴影音和道具，分類專業的各式展演廳，有一架可以點播任何想得到歌曲的神奇鋼琴，是職業魔術師夢寐以求的寶庫，朝聖地一樣崇敬的聖堂。

觀看表演的人需採會員制，而挑選能踏上這個舞臺的魔術師資格評選也出了名的嚴格，能夠被受邀表演就已經代表各方面都足夠水平，實力具有一定程度的份量才能讓自己的名字出現在牆上的表演名單上。

賦恩在自己專屬的休息室裡，正巧看到牧典曾登上這個舞臺的時候，在鏡子旁邊的牆面留下的兩種語言的簽名。他凝視了好久，不自覺的伸手去撫觸那個熟悉的字跡，感覺自己終於跟上他的腳步也走到了這裡，激動的讓眼眶一陣發熱。

剛剛在預演現場他交代了工作人員，替他在第一排留下家人的位置，而最靠近舞臺正面的位置，他要留給牧典，他還是懷抱著微量但強烈希望他能出現的期盼，他覺得自己走到這裡沒有辜負他一刻對自己的信任，已經可以無愧無畏的挺直腰桿走向他。

晚間接近要上臺表演的時刻人聲鼎沸，觀眾慢慢的就座，專業的舞臺聲效和氣氛拉抬了觀眾的情緒。當賦恩出場的瞬間，他看向只有舞臺中央仍然維持著突兀空缺的座位，但他也不讓任何沮喪的感覺在此時出現，他可以想像他坐在那裡的表情跟姿態，他要淋漓盡致的發揮這五年的提升和實力，要將觀眾回饋給他折服的歡呼和掌聲的榮耀都獻給牧典向他致敬。

最後一個表演他特別安排了一個效果極其簡單的魔術，從握緊的雙手中央不停的飛散出大量白色的輕盈紙花和銀亮的彩紙，漫天飛舞到舞臺四處和觀眾席，像一場繽紛的隆冬大雪。

他要把這個表演送給牧典，想要告訴他，自己確實也謙恭的繼承了他對魔術忠誠的信念，就是始終如一的簡單真誠。

他深深的對觀眾鞠躬走向後臺時，臺下不停投擲的掌聲仍然清亮的持續迴響，家人已經在後臺等他，母親和弟妹們一擁而上將他包圍，笑起來已經有許多皺紋的母親溫軟驕傲的笑著替他把飄落在頭髮和肩上的紙片掃開，軟厚的手捧住他的臉告訴他自己多麼以他為榮。

賦恩開懷的笑著，覺得今天一定算是可以永恆記錄在人生裡最好的一天。

已經小學四年級的承恩一直在家人的旁邊頻頻顛腳探頭，想找機會擠進賦恩身邊。

「大哥！」他喊出聲音終於鑽到旁邊用力搖著他的手臂。

「怎麼了？肚子餓了嗎？大哥請你們去吃好料的。」賦恩蹲下來用跟他平視的高度笑著搓揉他的頭。

「這個給你。」承恩在賦恩的面前攤開一直握拳的掌心，上面有兩條沒有縫隙卻串連在一起的橡皮筋，和他胸前的相連的戒指用的是同樣的原理，他瞬間訝異的收斂了笑容。

「承恩……這是誰給你的？」

「魔法師叔叔啊！」

賦恩一聽馬上激動的搭緊了承恩的肩膀，「他往哪裡去了？」

承恩舉起手指向舞臺觀眾散去的出口，他馬上起身用盡全身的力氣開始奔跑，完全無法思考的，只能聽著胸前響亮的心跳在充滿濃烈愛戀回音的身體裡迴響。

賦恩邊跑邊扯下胸前的項鍊解開它，把其中一個緊緊的握在手中，他可以感覺整個靈魂從最小的分子都在渴求著可以再度擁抱他。一路走來他都懷抱著此生唯一的心願就是真有那麼一天能將這個戒指交還給他，親口告訴他這個戒指和我一直都是屬於你的！

他捨棄塞滿觀眾的電梯，往另一邊的旋轉樓梯一階一階的跑下去，隨著旋轉的弧度他看到一個身影也踩著規律的足音，在間距他差不多兩旋的距離往下走。他看到他輕握在樓梯把手上，露出了和記憶中完全吻合燒傷疤痕位置的手。

「牧典！」

賦恩知道他一直都要自己追上他，重新的找回他，然後就像此刻一樣毫不猶豫的的出聲，再一次喚出他的名字。

在萬花筒裡失眠 / 沈青著 . -- 初版 .
-- 臺北市 : 奇異果文創 , 2014.12
174 面 ;12.8*18.9 公分 . --（耽美愛 ;
2）
ISBN 978-986-91117-3-7(平裝)

857.7 103023328

在萬花筒裡失眠

耽美愛 002

作　　者　沈青
封面&內頁插畫　Efanlow

美術編輯　張懷文

總 編 輯　廖之韻
創意總監　劉定綱
行銷企劃　宋琇涵

法律顧問　林傳哲律師 / 昱昌律師事務所

出　　版　奇異果文創事業有限公司
地　　址　台北市大安區羅斯福路三段 193 號 7 樓
電　　話　(02)23684068
傳　　真　(02)23685303
網　　址　https://www.facebook.com/kiwifruitstudio
電子信箱　yun2305@ms61.hinet.net

總 經 銷　紅螞蟻圖書有限公司
地　　址　台北市內湖區舊宗路二段 121 巷 19 號
電　　話　(02)27953656
傳　　真　(02)27954100
網　　址　http://www.e-redant.com

印　　刷　永光彩色印刷股份有限公司
地　　址　新北市中和區建三路 9 號
電　　話　(02)22237072

初　　版　2014 年 12 月 4 日
I S B N　978-986-91117-3-7
定　　價　新台幣 220 元